Norbert Scheuer · Kall, Eifel · C.H.Beck

 · Gesetzt aus der Janson Book bei Fotosatz Amann, Aichstetten · Druck und Bindung: Kösel, Krugzell-Altusried · Gedruckt auf säurefreiem, alterungsbeständigem Papier · (hergestellt aus chlorfrei gebleichtem Zellstoff) · Printed in Germany · ISBN 3 406 53554 2 · *www.beck.de*

«Queequeg was a native of Rokovoko, an island far away to the West and South. It is not down on any map; true places never are.» *Melville, Moby Dick*

Für Elvira

Martin hatte den ganzen Nachmittag nach Leo gesucht. Er war überall in Kall gewesen, am Kino, beim Einkaufsmarkt, auf dem Fußballplatz, in der Spielhalle und oben auf den Sandsteinfelsen. Schließlich lief er am Fluß entlang zum Wehr. Die Urft war dort breit und tief und floß glitzernd dahin, im Rauschen des stürzenden Wassers konnte man sein eigenes Wort nicht verstehen. Ein Teil des Flußlaufs verschwand am Wehr in alten Bergwerksstollen, floß unter Kall hindurch bis zur weiten Ebene des Gemündener Tals, wo sich der unterirdische Arm des Flusses wieder mit dem Hauptarm verband.

Martin fand seinen Freund schließlich am Ufer des Wehrs. Leo war seltsam, redete wirres Zeug und hatte einen alten Schuh in der Hand, einen Schuh, den Martin vor Jahren in der Urft verloren hatte. Leo hatte ihn irgendwo aus dem Wasser gefischt, als er durch die überfluteten Stollen getaucht war, er sprach von einer riesigen unterirdischen Grotte, von ihrer Gaststätte, wo er Kleenbeen, Braden, Lejeune, Doro und den alten Delamot getroffen haben wollte. Martin glaubte seinem Freund kein Wort, er dachte, daß Leo zuviel gekifft habe.

«Es ist noch nie jemand in den überschwemmten Bergwerksstollen gewesen», sagte Martin.

«Ich war da, ich hab alles gesehen, und ich weiß jetzt, was los ist», schrie Leo. Er wollte wieder ins Wehr hinab, er wollte wieder dorthin, wo er gewesen war. Martin konnte ihn nicht davon abhalten. Als Leo ins Wasser sprang, folgte Martin dem Freund. Sie schwammen aufs Wehr hinaus, tauchten und wurden bald von einem Strudel immer tiefer und tiefer hinuntergezogen, hörten die Glocken ihrer Kirche läuten, sahen eine Prozession grotesker Gestalten. Eine Kapelle spielte:

… the night fell smooth, full of diamonds …

the night fell smooth, full of gold …

Leute tanzten und waren vergnügt. Sie sahen Grefrath und Marianne, Rosarius, Milli und Malchold, alle, die sie je gekannt hatten, begegneten ihnen wieder. Sie saßen auf dem Sandsteinfelsen, sahen zum Bahnhof, der Gemeindebibliothek, zum Fußballplatz, sahen die Urft, gelb leuchtende Rapsfelder, Wiesen und Kiefernwälder. Sie schwebten über die engen Straßen von Kall, über aneinandergedrückte Häuser. Sie tauchten tiefer und schwammen durch Fenster, setzten sich in Sessel, erzählten sich Geschichten.

Doch dann wurde es Leo schwindelig, er taumelte, wollte trotzdem weiter dort unten bleiben. Martin mußte ihn wegzerren, sie stiegen auf, sahen über sich große Hechte, die ihre Mäuler träge aufsperrten und über ihre Köpfe hinwegglitten. Das Wasser war noch kalt und dunkel, doch je weiter sie aufstiegen, um so wärmer wurde es. Elritzenschwärme schwebten in bauschigen Bewegungen, wo die Sonnenstrahlen zu fingern begannen. Das Grün wurde heller, mischte sich mit der Abendsonne, den bunten Erlen- und Pappelblättern am Ufer. Sie schnappten nach Luft. Leo wollte wieder hinab, Martin hielt seinen Freund fest, versuchte ihn zu beruhigen, zerrte ihn schließlich zum Ufer, wo sie erschöpft ins Gras fielen und einschliefen.

Als sie wach wurden, war es Nacht. Sie zogen eilig ihre Klamotten an, kletterten die Uferböschung hinauf, gingen an der Straße entlang, die vom Wehr aus durch das Dahlbendener Tal führte. Sie liefen über Waldpfade zu den Uhus im Kalksteinbruch, über taunasse Wiesen zu Malcholds Fischteichen und zur Hochebene hinauf. Dort angekommen, verschnauften sie eine Weile, sahen hinunter ins Tal und zu den weit entfernt flimmernden Lichtern von Euskirchen und Köln, dann rannten sie über Viehweiden. Kühe folgten ihnen ein Stück. Die Kühe blieben am Zaun stehen und brüllten hinter den Freunden her, während sie immer weiter und weiter rannten, bis es war, als würden sie wieder hinabtauchen, als würden sich ihre Lungen mit Wasser füllen, als würden sie niemals den Grund erreichen und nie mehr auftauchen können.

Schnichels, Claess und Lejeune waren bereits so betrunken, daß sie abends bei Arimonds erschienen, sich an den Tresen stellten und über die Griechen herzogen, die im Zementwerk arbeiteten. Sie gingen hinaus, um Vorbereitungen für das Hahnenköpfen zu treffen, das am nächsten Tag auf dem Gemeindeplatz stattfinden sollte, sie lungerten herum, stellten sich an die Frittenbude, pickten mit Plastikgabeln die Wurstscheiben auf und tauchten sie in Currysoße. Einer rief, daß Rattenfleisch in den Würstchen sei, und spuckte das Fleisch aus. Zander befürchtete, daß die Betrunkenen ihm wieder die ganze Bude demolieren würden; er war erleichtert, als sie zur Gaststätte gingen. Vor der Gaststätte warfen sie den Strick zum Balkon über dem Saalanbau hoch. Claess kletterte auf den Vorsprung, um den Strick am Geländer festzubinden. Es war der Strick, an den der Hahn immer gehängt wurde. Sie gingen mit dem anderen Seilende zum Kriegerdenkmal und banden es oben am Stahlhelm fest. Der Strick überspannte den Gemeindeplatz. Einer prüfte, ob der Strick nachgab. Im Saal tanzten Frauen miteinander. Ihre Männer saßen gelangweilt und betrunken an den Tischen. Notsch kam mit einer Schnapsflasche aus der Gaststätte. Sie hatten die Flasche geleert, als die Griechen erschienen. Die Griechen parkten neben der Schießbude. Sie kamen nur bis zur Gaststättentür. Lejeune und Notsch stellten sich ihnen in den Weg. Claess stand noch auf dem Balkon. Die Griechen wußten gar nicht, was los war, als er von oben auf sie runterpinkelte. Als sie es merkten, versuchten sie abzuhauen. Schnichels hielt einen fest. Der Grieche schlug und trat um sich. Sie stürzten sich auf ihn. Als Arimond sah, was vor seiner Gaststätte geschah, rief er die Polizei an. Aber die hielten sich raus. Sie kamen erst viel später, als die Kerle sich die Köpfe längst eingeschlagen hatten. Draußen zogen sie gerade einen Griechen an den Beinen über das Pflaster, der andere versuchte, das Auto zu erreichen. Lejeune und Claess schnitten ihm den Weg ab. Er rannte zum Imbiß, kletterte über die Theke, stieß Zander zur Seite, nahm einen Schöpflöffel heißes Öl, schleuderte es ihnen entgegen. Der auf dem Boden liegende Grieche rotzte Blut, stand auf und torkelte zum Auto. Die Griechen rasten die Straße hinunter, knallten gegen die Mauer der alten Schule und krochen aus dem Fahrzeug.

Die Polizei kam erst, als alles vorbei war und die Griechen verschwunden waren. Claess sagte zu ihnen, daß die Griechen wieder Streit angefangen hätten. Sie schoben das Auto zum Spielsalon hinüber. Am nächsten Tag stand es noch an derselben Stelle. Der Hahn hing bereits am Strick und schaukelte, wenn er von einem Säbelhieb getroffen wurde.

Es war ein großer, stolzer Hahn mit blutrotem Kamm und oxydgrünem Sichelschweif, der prächtigste Hahn, den sie je zur Kirmes gehabt hatten. Sie trugen ihn vor dem Hahnenschlagen in einem Holzkäfig herum und machten ihn mit gesalzenen Körnern durstig. Überall im Ort hörte man ihn krähen. «Braden wird Hahnenkönig», schrien Kinder, als Braden die Straße hinunter zum Gemeindeplatz ging. Sie liefen hinter ihm her und machten sich lustig über ihn. Braden war ein großer, naiver Mann. Er wollte unbedingt dieses Jahr Hahnenkönig werden, wegen Milli. Sie mußte dann mit ihm tanzen und die Kirmestage mit ihm zusammensein. Die Kinder wollten Bradens Säbel tragen. Es war ein wertvoller Säbel. Sein Urgroßvater hatte den Säbel aus dem Frankreichkrieg mitgebracht. Er hatte einen schwarzen Griff mit Perlmutt, und die Löwenaugen des Knaufs waren aus Edelsteinen gemacht.

Auf dem Platz vor Arimonds Gastwirtschaft banden die jungen Männer dem Hahn die Krallen zusammen und zogen ihn am Seil hoch. Eigentlich war es seit Jahren verboten, auf einen lebenden Hahn zu schlagen; aber trotzdem wurde es gemacht, weil es seit der Franzosenzeit in der Gegend Brauch war. Das Seil, an dem der Hahn nun hing, war vom Balkon der Gastwirtschaft quer über den Platz gespannt. Der Hahn hing mit dem Kopf nach unten, schaukelte zwei Meter über dem Boden. Er plusterte sich auf und schlug mit den Flügeln. Sie hoben seinen Kopf an, um ihm Schnaps einzuflößen. Während die Musikkapelle spielte, versammelten sich immer mehr Leute auf dem Platz. Selbst solche, die schon lange Zeit in der Stadt wohnten, kamen zur Kirmes, um beim Hahnenschlagen dabeizusein. Die Männer, die auf den Hahn schlugen, hatten sich je einen Träger ausgewählt, auf dessen Schultern sie zum Hahn reiten würden. Dort würden sie, auf den Schultern des Trägers sitzend, mit verbundenen Augen auf den Hahn schlagen. Es wurde nun bestimmt, in welcher Reihenfolge geschlagen werden sollte. Grefrath war als dritter an der Reihe. Auf einem Gastwirtschaftstisch standen Schnapsflaschen, Gläser und die Kasse. Jeder, der auf den Hahn schlagen wollte, mußte einen Schnaps trinken und fünf Euro in die Kasse zahlen. Grefrath stieg als erster auf die Schultern seines Trägers. Es stand schon längst fest, daß Grefrath dieses Jahr Hahnenkönig werden sollte. Die Dorfjugend hatte so abgestimmt. Nur Braden glaubte, daß er selbst diesmal Hahnenkönig würde. Man band Grefrath ein Tuch über die Augen, half ihm auf seinen Träger. Er wankte unter Grefraths Gewicht. Der Hahn bewegte sich nicht, während Grefrath mit dem Säbel herumtastete und seinen Hals berührte. Dann holte Grefrath aus, der Hahn flatterte, doch Grefrath schlug daneben. Die Wucht des Schlages riß ihn vom Träger. Man half ihm auf und brachte ihn zu den Treppenstufen vor der Gaststätte. Benommen hockte er dort und wischte mit einem Taschentuch sein Gesicht ab. Der nächste Akteur stieg auf seinen Träger. Auch ihm verband man die Augen. Er ritt auf den Hahn zu. Als er schlug, zogen sie oben auf der Veranda das Seil stramm, der Hahn schnellte hoch, und der Schlag ging daneben. Endlich war Braden an der Reihe. Er hatte seine fünf Euro beim Hahnenhalter abgegeben und seinen Schnaps getrunken. Ein paar Zuschauer riefen ihm Ermunterungen zu. Er saß auf den Schultern seines Trägers und tastete sich an den Hahn heran. Milli war in der Gaststätte, sie hatte kleine schimmernde Federn im Haar. Braden liebte

Milli seit seiner Jugendzeit, jetzt könnte sie ihm wenigstens während der Kirmes gehören, wenn er nur Hahnenkönig würde. Er hatte sich genau überlegt, wie er vorgehen mußte, um den Hahn am Hals zu treffen, ihm den Kopf abzuhauen; derjenige, der den Hahnenkopf hatte, war König. Braden hatte sich die Entfernung bis zum Hahn eingeprägt. Das Paar wurde gedreht, bis es die Orientierung verloren hatte. Aber Braden wußte genau, wie oft sie gedreht wurden und in welche Richtung sein Träger gehen mußte. Der Träger war betrunken und stolperte. Braden konnte sich nur mit Mühe auf ihm halten. Der Träger mußte neun Schritte machen, dann standen sie vor dem Hahn. Er wollte den Schlag etwas höher ansetzen, weil sie das Seil wieder hochziehen würden. Braden stützte sich mit einer Hand auf den Kopf des Trägers, in der anderen Hand hielt er den Säbel seines Urgroßvaters. Die Leute grölten, daß er endlich schlagen solle. Er schlug und spürte einen Widerstand, hörte, wie der Hahn flatterte. Als er zum fünften Mal an der Reihe war, gab der Wirt ihm drei Gläser Schnaps zu trinken. Als er aufstieg, konnte er sich nicht mehr auf dem Träger halten. Im Saal tanzten sie schon. Die Musik hörte man leise auf dem Dorfplatz. Der Hahn hing noch am Seil. Fliegen schwirrten um seinen blutigen Hals. Sein Gefieder war naß und aufgefächert und glitzerte. Er lebte noch, denn er bewegte sich, als Rosarius ihn ängstlich mit einem Stock berührte. Am Abend schlugen nur noch Grefrath und Braden. Es regnete, ein warmer nieselnder Sommerregen. Braden hatte kein Geld mehr, um weiterschlagen zu können. Er verkaufte seinen Säbel an den Gastwirt. Als er auf seinen Träger kletterte, feuerten die Leute ihn an. Braden war schon mehrmals gestürzt. Er bekam den Säbel erst, als er gezeigt hatte, daß er sich noch auf dem Träger halten konnte. Der Hahn war mittlerweile nur noch ein mit Federn gespicktes Stück Fleisch, manchmal zuckte etwas in ihm, sein Kopf hing noch an einigen Hautfetzen. Braden tat er leid, aber er konnte jetzt nicht mehr aufhören zu schlagen. Wenn er den Hahnenkopf hätte, würden sie ihn zu Milli führen, er würde die ganze Nacht mit ihr tanzen. Sein Träger wankte, alles um Braden drehte sich im Kreis. Sie zogen den Hahn wieder hoch. Ein Flügel strich an Bradens Stirn vorbei. Er verlor seinen Säbel, glaubte den Hahn jetzt krähen zu hören. Braden schnappte wie irre nach dem Tier, um ihn herum schrien alle. Er reckte sich hoch, bekam den Hahn zu fassen und biß ihm den Kopf ab. Braden war Hahnenkönig geworden. Sie trugen ihn zur Gaststätte, setzten ihn vor der Tür ab, er wankte glücklich hinein, um Milli zum Tanz zu bitten. Mäthes spielte auf seinem Akkordeon. Aber Braden war zu betrunken, um noch mit Milli zu tanzen. Er stürzte und blieb auf dem Boden liegen. Draußen steckten die jungen Männer den Hahnenkopf auf die Säbelspitze und trugen den Kopf johlend durch die Straßen.

Wenn Magda von Amerika erzählte, sagte sie, Amerika sei ein einsames Land, noch viel einsamer als die Eifel vor hundert Jahren. Magdas Eltern besaßen früher den großen Bauernhof in der Mitte des Dorfes. Rings um den Hof und die Wirtschaftsgebäude stand eine hohe Bruchsteinmauer mit einem großen Holztor, von dem heute Farbe abblättert. Nach dem Krieg war Magda siebzehn Jahre alt, ein hübsches, lebenslustiges Mädchen. Bei einem Ausflug mit Freundinnen hatte sie beim Tanz in einer Gaststätte einen Soldaten kennengelernt, der sie mit nach Amerika nahm. Nach knapp einem Jahr stand sie schwanger in Kall an der Bushaltestelle. Es war schon so spät, daß man die Bahnhofshalle zugesperrt hatte, und sie mußte in der Kälte auf den Bus warten. Frank, ihr Sohn, wurde kurz darauf auf dem Hof geboren. Frank fragte Magda oft, wer sein Vater sei, wo er lebe.

«In Amerika», sagte Magda. Genaueres wußte auch sie nicht. Sie waren damals in New York angekommen, waren mit einem Bus mehrere Tage gefahren, nur um in einem Kaff zu landen, wo es heiß, staubig und gottverlassen war. Sie gab sich später immer die Schuld daran, daß ihr Vater angefangen hatte zu trinken und sie den Hof an Höffner verkaufen mußten. Ihr Vater wurde sonderbar, redete überhaupt nicht mehr mit ihr und fuhr nur noch mit den Kalksteinlastwagen um das Dorf herum. Die Laster brachten das Kalkgestein vom Steinbruch zum Zementwerk. Schon früh morgens sah man Magdas Vater mit einer Schnapsflasche in der Jackentasche an der Umgehungsstraße stehen und auf einen Steinlastwagen warten. Während all der Jahre arbeitete Magda in einer Kantine. Bevor sie zur Arbeit fuhr, trug sie Zeitungen aus. Sie wohnte mit Frank in einer billigen Gemeindewohnung. Frank arbeitete mittlerweile im Zementwerk. Er fuhr jeden Morgen mit seinem Mofa zum Werk. Er trug einen alten Lodenmantel und eine Pilotenmütze, deren Schnallen um sein Kinn baumelten. Wenn Frank abends in der Gaststätte an der Theke saß, erzählte er immer, daß er seiner Mutter versprochen habe, ihr Anwesen wieder zurückzukaufen. Sie sparten jeden Pfennig dafür. Höffner hatte schon das Land, das einst zum Hof gehörte hatte, verkauft. Er hatte ihnen gesagt, daß er ihr Haus vorerst nicht verkaufen würde, wenn sie ihm unter der Hand etwas anzahlen würden. Frank nahm einen Kredit auf, um die Anzahlung leisten zu können. Um die Raten abzubezahlen, mußte er auf Montage gehen. In Magdas Küche hing eine Deutschlandkarte. Überall, wo Frank gewesen war, hatte sie eine Nadel eingesteckt und die Nadeln mit einem Faden verbunden, so daß die Karte nach einigen Jahren aussah wie ein Spinnennetz. Frank kam alle paar Monate nach Hause. Wenn er am Sonntagmorgen in der Gaststätte an der Theke stand, erzählte er, wie gut er verdiene und daß sie den Hof bald zurückkaufen würden. Frank mußte noch ein weiteres Jahr auf Montage arbeiten. Magda hatte, während Frank auf Montage in Berlin war, einen Schlaganfall gehabt. Sie war seither verwirrt und behielt nichts mehr im Kopf. Sie brauchte die ganze Nacht, um Zeitungen auszutragen, weil sie immer wieder vergaß, wer den Stadtanzeiger und wer die Rundschau bekam. Häufig sah man sie durch Kall laufen. Sie wußte nicht mehr, wie sie ins Dorf zurückkommen sollte und wo genau sie wohnte. Die Autos mußten bremsen, weil sie über die Straße ging, ohne nach links und rechts zu sehen. Wenn jemand aus dem Dorf anhielt, um sie mitzunehmen, weigerte sie sich einzusteigen, weil sie die Leute nicht erkannte. Sie saß an der Bushaltestelle und erzählte jedem, daß sie gerade aus Amerika gekommen sei. Frank sagte ihr, noch ein halbes Jahr, dann hätte er das Geld für den Hof endlich zusammen, und er würde sich wieder zu Hause eine Arbeit suchen. Aber so lange lebte Magda nicht mehr.

An manchen Sommerabenden kamen Schatten aus den Felswänden des Steinbruchs, sie rochen nach Kalkerde und Lehm. Sie streiften durch Kall und die Dörfer der Umgebung, liefen am Fluß entlang und zum Wehr, bis sie im Morgengrauen mit dem Nebel zu den Auwiesen gelangten. Irgendwann fanden sie den Weg ins Tal zu den Fischteichen, an denen hohes Schilfgras wuchs und Schwalben flogen. Forellen sprangen gierig nach Schnaken. Ihre Leiber krümmten sich in der Luft, blitzten wie gezückte Messer. Kürzer als ein Atemzug, und sie tauchten zurück ins Wasser. Malchold saß am Ufer, er sprach mit den Schatten, sagte ihnen, daß sie schweigen sollten. Die Schatten schwiegen. Es war still geworden, der stillste Moment, seit die Welt erschaffen worden war.

Grefrath war von der Arbeit gekommen, hatte sich aufs Bett gelegt und war nach ein paar Minuten eingenickt. Marianne ging ins Badezimmer und schaltete das kleine Radio ein, das an den Fliesen neben der Wanne hing. Sie stand vor dem Spiegel und tuschte ihre Wimpern. Sie waren seit fünfzehn Jahren verheiratet. Als sie sich kennenlernten, hatte Marianne noch bei Delamot als Friseurin gearbeitet. Marianne gab, als das erste Kind kam, ihren Beruf auf. Grefrath arbeitete seit dieser Zeit im Sägewerk als Maschinenschlosser. Auf der Kommode standen Fotografien von ihren Kindern. Jetzt, wo die Kinder alt genug waren und alleine zurechtkamen, wollte Marianne wieder bei Delamot anfangen. Sie rief aus dem Badezimmer, ob Grefrath sich nicht endlich anziehen wolle.

Grefrath hatte gar nicht mehr an die Einladung zur Hochzeitsfeier gedacht. Er hatte den ganzen Tag Henry, einen neuen Kollegen, eingearbeitet. Grefrath mußte ihm Dinge erklären und die übliche Arbeit erledigen, er redete nicht gern. Henry sollte den Greifarmkran bedienen, der die Stämme vor die Quersäge legte. Während der Mittagspause hatte er mit Henry am Fluß gesessen. Es war schwül gewesen. In der Nähe des Wassers war es angenehm kühl. Auf dem Fluß trieb ein Gegenstand, aber man konnte nicht erkennen, was es war, weil er sich in den glitzernden Wellen drehte. Henry riß Rinde von dem Stamm ab, auf dem sie saßen, und warf sie ins Wasser. Henry kam aus der Stadt und wohnte seit ein paar Wochen mit seiner Familie in Kall. Grefrath erzählte ihm von seiner Musik, daß er Posaune spiele und daß er in seiner Jugend Musiker habe werden wollen. «Ich wollte irgendwann gar nichts mehr und nur noch in die Eifel zurückkommen», sagte Henry. Sie kletterten nach der Mittagspause von den Fichtenstämmen und gingen an die Quersäge. Es kamen fünf Lastwagen mit Fichten. In diesem Jahr holzten sie ganze Wälder ab, wegen Schädlingen, die die Stämme befallen hatten. Die Stämme wurden geschält und dann geschnitten. Der Chef erschien bei der Anlieferung. Danach verschwand er wieder in seinem Büro.

«Der Chef hat zwar seine Macken, aber sonst ist er ganz in Ordnung», sagte Grefrath zu seinem neuen Kollegen. Sie hatten den ganzen Nachmittag ohne Unterbrechung gearbeitet. Henry stellte sich geschickt an, er hatte Ahnung von Maschinen, das merkte man sofort. Grefrath hatte sich auf einen gemütlichen Abend vor dem Fernseher eingerichtet. Er hatte keine Lust zu dieser Hochzeitsfeier.

Als Marianne aus dem Badezimmer kam, trug sie eine weiße Bluse, die Perlenkette ihrer Mutter und lange Ohrringe. Sie ging zum Schrank und wählte ein Kleid, das sie seit ihrer Knieoperation nicht mehr getragen hatte. Auf ihrem Knie war noch eine schmale Narbe, die sie mit Hautfarbe überschminkte. Während sie sich anzog, erzählte Marianne von Lydias Hochzeit. Sie war am Morgen zum Standesamt gegangen, war bei der Begrüßung auf dem Gemeindeplatz gewesen, als das Paar aus dem Standesamt kam. Sie hatten Musiker engagiert, und das Brautpaar tanzte auf dem Platz.

«Sie machen heute abend nur eine kleine Feier. Morgen fahren sie schon nach Hamburg. Sie machen eine Kreuzfahrt, müssen die ganze Nacht durchfahren, um am nächsten Morgen auf dem Schiff zu sein.» Marianne betrachtete sich vor dem Schrankspiegel. Sie war in den letzten Jahren rundlicher geworden, und ihr paßten viele ihrer Kleider nicht mehr.

Bevor sie ihr Haus verließen und zum Auto gingen, packte Marianne ein Cocktailbuch und einen Barmixer in durchsichtige Folie. In der Folie waren glitzernde Sternchen, die sich überall verteilen würden, wenn sie das Geschenk auspackten. Marianne hatte ihre hohen Schuhe ausgezogen, um besser fahren zu können. Sie fuhren durch das Industriegebiet, kamen am Schnellimbiß und an einem See vorbei, an dem Angler hockten. Marianne hatte ihr Seitenfenster heruntergekurbelt, Grefrath schloß die Augen. Marianne redete von ihrem Vater, dem es nicht gutging und der immer vergeßlicher wurde. Er nahm immer noch Uhren zur Reparatur an, konnte sie aber nicht mehr zusammenbauen.

«Es ist Mutter peinlich, wenn die Leute kommen und ihre Uhren abholen wollen.»

«Von mir hat er auch noch eine», sagte Grefrath. Hinter Walental, wo ihre Straße in die Schnellstraße mündete, drehten sich große Windradflügel. Über der Ebene ging die Sonne unter. Sie parkten und liefen zum Schützenplatz. Es wimmelte von fliegenden Ameisen, die über den Asphalt krabbelten und in der Luft schwebten. Marianne zupfte sie von ihrem Kleid und aus ihren Haaren, aber es kamen immer wieder neue. Auf dem Platz vor dem Schützenhaus waren die Ameisen plötzlich wieder verschwunden. Es müssen ganz viele, unvorstellbar viele sein, dachte Grefrath. Sie schwebten in der Dämmerung unsichtbar über ihnen. Marianne und Lydia umarmten sich. Sie kannten sich seit ihrer Lehrzeit bei Delamot. Auch als Lydia geheiratet hatte und weggezogen war, hatten sie miteinander telefoniert und niemals den Kontakt verloren. Als Lydia sich von ihrem ersten Mann scheiden ließ, kam sie nach Kall zurück.

Sie standen an einem kleinen Stehtisch und tranken Sekt. Auf dem Platz vor dem Schützenhaus fuhren Jungs Skateboard, einer war so geschickt, daß er sein Board während des Luftsprungs unter sich zu drehen vermochte. Marianne redete mit der Tischnachbarin über die Menükarte, die schön gedeckten Tische und das Büfett. Es dämmerte schon, die bunten Lichterketten über dem Platz brannten, und Grefrath ging aus Langeweile, weil er sich mit niemandem unterhalten konnte, ins Schützenhaus. An den Wänden hingen Porträts der Schützenkönige, auch die Fotografie von Grefraths Patenonkel, der in den fünfziger Jahren Schützenkönig gewesen war. Es war ein Glückstreffer gewesen. Seine Frau hatte nachher geschimpft, daß er es noch nicht einmal fertigbringe vorbeizuschießen. Sie hatten nicht genügend Geld für all die Ausgaben, die mit dem Amt des Schützenkönigs verbunden waren.

Als Grefrath am Büfett stand, sagte ein betrunkener Mann: «Die Ameisen machen ihren Hochzeitsflug, sie haben nur dafür Flügel.» Er schlug die Fäuste aufeinander und lächelte schelmisch, dann wankte er zur Theke und trank weiter. Als Grefrath nach draußen ging, merkte er, daß auch er zuviel getrunken hatte. Das Brautpaar tanzte, und die Gäste sahen zu und klatschten im Takt der Musik. Unzählige Ameisen krabbelten auf dem weißen Zeltleinen, das den Tanzplatz überdeckte. Kinder spielten im Kiefernwäldchen unterhalb des Schützenhauses. Die Ameisen schwebten jetzt niedriger, und Gäste, die über den Platz hinüber zum Schützenhaus gingen, mußten sich der Ameisen erwehren und machten komische

Verrenkungen dabei. Eine Frau schrie hysterisch, überall an ihr würden die Tiere hochkrabbeln. Sie saß zitternd auf einem Stuhl, hielt sich den Rock an den Beinen zu. Ihr Mann hockte vor ihr und versuchte sie zu beruhigen. Es wurden immer mehr Ameisen, auf dem ganzen Platz wimmelte es von ihnen, Myriaden. Die Leute flohen ins Schützenhaus, um dort weiterzufeiern.

Als sie nach Hause fuhren, war schon früher Morgen. Die Ameisen waren verschwunden, aber man roch in der feuchten Morgenluft ihre Essigsäure. Grefrath fuhr, da Marianne noch mehr getrunken hatte als er. Sie folgten dem Auto des Brautpaars. An der Stoßstange des Hochzeitsautos hing eine Schnur mit Dosen, die auf dem Asphalt klapperten, und an der Antenne flatterte eine weiße Seidenschleife. Oben auf dem Berg leuchteten Scheinwerfer auf die Dorfkirche des Ortes, von dem sie kamen. Grefrath wunderte sich darüber, daß die Kirche die ganze Nacht angestrahlt blieb.

«Hoffentlich hat Lydia jetzt den Richtigen gefunden», sagte Marianne. «Erinnerst du dich noch an unsere Hochzeit?» Grefrath nickte, aber er erinnerte sich kaum noch daran, er war damals nur froh gewesen, als der Trubel vorüber war.

«Ich würde gern einmal eine Kreuzfahrt machen», sagte Marianne. «Ich weiß, daß wir kein Geld für so eine Reise haben.» Sie legte ihren Kopf an seine Schulter und sagte, daß sie auch so glücklich sei. Sie machte kurz das Licht an, um ein Papiertaschentuch aus dem Handschuhfach zu holen. Und da sahen sie, daß überall im Auto Ameisen krabbelten. Einige hatten ihre langen Flügel bereits verloren. Die Flügel lagen auf dem Armaturenbrett und auf der Fußmatte. Sie waren vollkommen durchsichtig. Die Ameisen krabbelten müde und orientierungslos herum, als wären sie blind und würden nach ihren Flügeln suchen. Grefrath hatte das Verlangen, sie zu zerdrücken, aber er machte es nicht. Das Auto des Brautpaars blinkte und bog auf die Autobahn ab. Sie hupten zum Abschied, und Lydia streckte den Arm aus dem Seitenfenster und winkte.

Leo war damals sieben Jahre alt. Er hatte überall Warzen, im Nacken, im Gesicht, an den Händen und Beinen, sein ganzer Körper war übersät mit Warzen, und es wurden immer mehr. Lia wollte ihm helfen, die Warzen loszuwerden. Sie lief mit ihm zum Bunkerschacht in den Kroppeln. Leo mußte in den Bunkerschacht hinunterklettern, es wimmelte da unten von Kröten. Jedesmal, wenn Lia oben ein Stück Zeitung anzündete und hinunterwarf, suchte er im Licht nach der fettesten Kröte. Lia sagte, es müsse die allergrößte sein, die anderen könnten vielleicht auch ein bißchen helfen, aber bei Leos Warzen, Hunderten von Warzen, würde doch nur die allergrößte helfen. Als Leo das fette Ding endlich hatte, kletterte er zu Lia hinauf. Er mußte sich ausziehen, sich auf den Bauch legen, mußte das alles machen, damit er die Warzen endlich loswürde. Lia sagte, daß die Warzen weg sein müßten, wenn er von zu Hause abhauen wolle. Niemand würde ihn so, wie er jetzt aussehe, in seine Nähe lassen. Leo würde nicht mal in Züge hineinkommen, und erst recht würde kein Autofahrer anhalten, um ihn mitzunehmen. Leo müsse die ganze Zeit nur laufen und draußen im Wald schlafen. Lia setzte die Kröte auf die Warzen auf Leos Rücken, die Kröte hüpfte aber immer wieder weg. Lia sagte, die Kröte müsse mindestens zwei Minuten ruhig auf der Warze hocken, und dann müsse sie einen geheimen Zauberspruch murmeln, den Spanischkett ihr verraten hatte. Sie war sicher, daß dann die Warzen in einer Woche verschwunden seien. Leo hatte es mit Schnekken versucht und mit Beschwörungen um Mitternacht auf dem Friedhof und mit Schöllkraut. Er durfte wegen der Warzen nicht mehr in die Gaststätte. Doch manchmal schlich er unter die Bank neben der Theke, wo die alten Männer ihren

Stammtisch hatten. Die Angler erzählten, daß die Aale nachts bei feuchtem Wetter aus der Urft kommen, sich über die Wiesen schlängeln und Milch von schlafenden Kühen trinken. Ein Mann spielte auf einer singenden Säge. Manchmal schlief Leo unter der Bank ein, Molitors Hund leckte in seinem Gesicht. Er war der einzige, der wußte, daß Leo unter der Bank war. Aber Molitors Hund verriet Leo nicht. Leo sah nur Schuhe, die an ihm vorbeieilten oder schlurften. Schuhe vom Bürgermeister, Schuhe von Versicherungsvertretern, von Braden und Vincentini, von Zementwerkarbeitern, Schuhe, an denen der Dreck von Steinbrüchen, Feldern, Zementstaub und Schlick und Algen klebte. Wenn alle Gäste gegangen waren, zählte Leos Mutter das Geld in der Kasse, machte das Licht aus und brachte Kleenbeen nach oben auf sein Zimmer. In der Gaststätte roch es nach Zigarettenrauch, die Stühle standen umgedreht auf den Tischen.

Die Kröte blieb nicht auf Leos Rücken sitzen. «Wenn sie nicht wollen, kann man nichts machen», sagte Lia. Leo steckte die Kröte in seine Jackentasche. Sie liefen vom Bunker zu Malcholds Fischteichen. Malchold fing die Forellen aus dem Bassin. Jedesmal, wenn er eine Forelle gefangen hatte, schlug er mit einem Holzknüppel auf ihren Kopf. Er legte die Tiere nebeneinander auf eine Steinplatte. Sie sahen schön aus, selbst als sie tot waren. Ihre Punkte hatten andere Farben bekommen, und es waren viel mehr geworden. Die Fische hatten jetzt so viele Punkte wie Leo Warzen auf dem Rücken. Vielleicht werde ich jetzt ein Fisch, dachte Leo. Malchold steckte die Forellen in Plastiktüten. Dann liefen sie mit den Tüten nach Hause. In der Gaststätte saß Kleenbeen auf seinem Stammplatz. Leos Mutter war in der Küche. Sie schimpfte mit Lia. Lia legte die Forellen auf die Anrichte. Frau Arimond nahm eine Forelle so in die Hand, daß ihr weißer Bauch nach oben zeigte. Mit einem Schälmesser stach sie in die weiche Stelle unterhalb des Kopfes, wo die Kiemen beginnen, dann schnitt sie der Forelle den Bauch bis zum Schwanz hin auf, nahm alles heraus und ließ Wasser in ihren Bauch laufen. Lia ging ins Speisezimmer. An den Wänden dort hingen Fotografien von Anglern, die ihre Fische präsentierten. Auch der Belgier mit seinem großen Hecht war auf einer Fotografie zu sehen. Der Hecht war fast so groß wie der Belgier. Es war der Hecht, der Entenküken im Bauch hatte, als der Belgier ihn endlich gefangen hatte. Lia sang, während sie im Speisezimmer die Tische eindeckte: «... sunshine, sunshine ... sunshine ... mmh upon my face mmh, mmh and the secret of the shining mmh, mmh ...» Die Forellen krümmten sich im Fett, Frau Arimond drückte sie mit dem Bräter glatt, dabei blieb Haut hängen, die sie am Rand der Pfanne abstreifte. Die Forellen hatten glasige Augen bekommen, zwischen ihren spitzen, scharfen Zähnchen steckte Petersilie. Lia kam wieder in die Küche, zog die Schürze aus und legte sie über die Stuhllehne. Sie wuschelte durch Leos Haar und fragte leise, ob es schon kribbele am Rücken, ob die Warzen schon vertrockneten. Doch Leo spürte noch nichts.

Virnich saß im Wohnzimmer, er trug eine Strickjacke und die speckige Bahnermütze, mit der er früher an den Gleisen entlanggelaufen war. Virnich hatte seine Mütze immer getragen, auch sonntags, wenn er zu Arimonds in die Gaststätte kam. Auf dem Wohnzimmertisch lagen Uhren, die er reparieren sollte: Rädchen, Schräubchen und Gehäuse. Virnich hielt mit der einen zitternden Hand seine andere zitternde Hand fest. Beide Hände bewegten sich langsam über die verblichene Plastiktischdecke. Er hatte ein Uhrmachervergrößerungsglas im Auge. Doch er wußte nicht, wem die Uhren gehörten, hatte die Bezeichnungen der Einzelteile vergessen und wußte nicht mehr, wie die Uhren wieder zusammengebaut wurden, er schraubte nur noch auseinander. Überall im Haus lagen Uhrenteile. Als Leo am Nachmittag zu Virnich kam, um seine Uhr abzuholen, redete Virnich von einer Bootsfahrt und dem verschwundenen Heuwagen. Mitunter vermengte er beides zu einem Brei, erkannte Leo nicht einmal mehr, hielt ihn für irgend jemand anderen. Teresa schlug ihrem Mann rohe Eier ins Glas und füllte das Glas mit Schnaps und Zucker auf. Kurz nachdem Virnich dies getrunken hatte, erkannte er Leo. Doch Virnich erzählte wieder von der Bootsfahrt auf dem Laacher See, bei der er seine Frau Teresa einst kennengelernt hatte, und vom Heuwagen, der verschwunden war, als sie ans Ufer zurückkehrten. Früher war Virnich in Euskirchen bei der Bahn angestellt, er war sehr klug gewesen. Mitunter kamen Schwärme von Erinnerungen zurück. Doch er wußte nicht einmal, daß Allerseelen war, daß er mit Teresa und seiner Tochter Marianne zur Prozession gehen wollte. An Allerseelen nahmen sie immer an der Prozession teil, die von der Kirche über die Königsfelderstraße an der Urft entlang zum Friedhof ging. Teresa machte mit Marianne das Abendessen. Grefrath, Mariannes Mann, spielte in der Musikkapelle, die die Prozession begleitete. Die Kinder hatten keine Lust mitzukommen. Marianne half beim Auftragen des Essens. Virnich saß im Wohnzimmer. Er goß sich Schnaps ein, der Schnaps floß über den Glasrand auf die Tischdecke und tropfte auf seine Hose. Teresa schimpfte mit ihrem Mann, weil sie dachte, er hätte sich bepißt. Teresa hatte eine piepsige Stimme, die so gar nicht zu ihrer fülligen Gestalt paßte. Marianne nahm ihren Vater wie immer in Schutz. Virnich starrte teilnahmslos auf den Fernseher, unter seinen Augen war die Haut glatt und durchsichtig. Er sagte, daß die Särge fortschwimmen würden. Hinter dem Friedhof begannen die Felder, die Urft floß dort an der Friedhofsmauer vorbei. Im Frühjahr, wenn Hochwasser war, überspülte der Fluß die Friedhofsmauer. Vor Jahren waren einmal Särge aufs Feld geschwemmt worden und im Fluß weggetrieben. Nach dem Essen war Virnich müde. Die beiden Frauen räumten den Tisch ab und spülten. Dann setzte sich die Mutter auf einen Stuhl, und Marianne schnitt ihr die Haarspitzen. Teresa knibbelte Preisschildchen von den Grablichtern ab. Sie mußte immer was zu tun haben.

Als sie zur Kirche gingen, lag Virnich auf der Couch. Sie dachten, er schlafe tief und sie müßten sich keine Sorgen machen, daß er etwas anstellte.

Sie nahmen an der Messe teil und folgten der langen Prozession, die durch Kall und die Auwiesen bei Anstois zum Friedhof führte. Es war nun dunkel, die Sterne erschienen wie alte zerklopfte Messingnägel. Einmal sah Marianne einen Schatten über die Wiesen stolpern. Sie dachte, daß es vielleicht Rosarius sei, der sich abends immer in der Gegend herumtrieb. Die Musikkapelle spielte bis zum Friedhofstor. Sie sah Grefrath mit der Posaune unter den Musikern und Leute, die alle wie aufgeschreckt über die Friedhofsmauer sahen. Auf allen Gräbern brannten kleine rote Lichter. Ihr Vater stand auf einer Grabeinfassung. Er hatte keine Schuhe an, das Unterfutter seiner Jacke hing heraus. Sie schämte sich seinetwegen und konnte ihn nicht in Schutz nehmen. Virnich rief plötzlich, daß die Särge weg seien, und fuchtelte mit den Armen, als würde er schwimmen. Teresa lief zu ihm hin, aber Virnich wollte selbst seine Frau nicht mehr erkennen.

Delamot sah Edith zum ersten Mal, als sie zehn Jahre alt war. Sie war gerade erst mit ihrer Familie in diese Gegend gezogen. Edith hatte Storchenbeine, ein kleines, lustiges Gesicht und unter den Augen viele Sommersprossen. Sie hüpfte über den Bürgersteig vor seinem Friseurladen. Delamot saß wie immer, wenn er nichts zu tun hatte, dösend im hochgepumpten Frisierstuhl, so daß er über die vergilbte Gardine auf die Straße blicken konnte. Natürlich wußte Delamot besser als sonst jeder andere, was in Kall vor sich ging. In letzter Zeit war eine Familie in ein verwahrlostes Haus bei Anstois gezogen. Er hatte ein paar Gerüchte über diese Familie gehört, sich aber nicht die Mühe gemacht, Wahres von Falschem zu trennen. Das Mädchen trug ein blaues, selbstgeschneidertes Röckchen, sie hüpfte zu den Bahngleisen hinüber. Die Schranken senkten sich langsam hinab. Wibbelig stand sie da, bohrte in der Nase und wartete, bis der Schienentriebwagen nach Gemünd durchgefahren war. Auf der anderen Seite der Bahngleise lagen die Metzgerei, die Fahrschule, ein kleines Blumengeschäft, eine Bankfiliale, und am Ende der Straße, vor der Urftbrücke, gab es seit einigen Wochen eine italienische Eisdiele.

Delamot wußte nicht, woran ihn das Mädchen erinnerte. «Weiß nicht, verdammt, weiß nicht», murmelte er unzufrieden. Als Edith hinter der Brücke verschwunden war, rutschte er aus dem Frisierstuhl und ging zu Mäthes. Der kam jeden Tag zu Delamot und saß schlafend auf dem Stuhl neben der Garderobe. Delamot rüttelte den Alten wach und malträtierte ihn mit Fragen. Es dauerte eine Weile, bis Mäthes genau wußte, um was es ging, er nuschelte dann was von Densborner Pack, das gefälligst wegbleiben soll.

«Von wo sind die?» fragte Delamot, während er zum Tisch lief, um Karl Nellesem, der den Laden gerade betreten hatte, zu bedienen. Delamots zitternde Hände nahmen Nellesems Lottoschein entgegen, streiften ihn glatt und steckten ihn zum Registrieren in die Stempelmaschine. Nellesem legte Geld auf den Teller und bekam seinen Durchschlag. Er zog die klingelnde Tür auf und saß schon auf seiner Zündapp, als Delamot einfiel, daß Nellesem in der Nachbarschaft des Mädchens wohnte. Er nahm sich vor, ihn bei Gelegenheit auszufragen. Delamot mußte sich auf die Zehenspitzen stellen, um mit der Nase über die Gardinenstange zu kommen. Er sah, wie Nellesem sein Gefährt antrat. Er fuhr in Richtung Anstois über die Kreuzung, die von Baufahrzeugen verdreckt war, weil gerade eine Unterführung unter den Bahngleisen gebaut wurde. Hinter seinem Mofa hopste ein kleiner Anhänger, mit dem Nellesem Zeug transportierte, das er auf Baustellen und Müllkippen fand. Ein Lehrmädchen lief über die Straße. Als sie Delamot hinter der Gardine sah, machte sie sich auf Geschrei gefaßt, weil sie unerlaubt den Damensalon verlassen hatte, um zum Schallplattengeschäft zu gehen. Aber Delamot hatte im Moment etwas anderes im Kopf. Es war der Umstand, daß die Kleine aus Densborn zu kommen schien. Niemand in Kall wußte, daß Delamot einmal in Densborn gewohnt hatte, bevor er den Friseurladen in Kall übernommen hatte. Es war so, als hätte Delamot schon immer in Kall gelebt. Da Dienstag war, kamen nicht viele Kunden, Delamot saß die meiste Zeit auf seinem hochgepumpten Frisierstuhl und ging seinen Beobachtungen nach. Am Ende des Tages wußte er immerhin schon, daß das Mädchen mit der Mutter und einem geistig zurückgebliebenen Bruder in Anstois wohnte, in einem Haus, das sie von der Gemeinde zugeteilt bekommen hatten. Am nächsten Tag mußte Delamot wegen dringender geschäftlicher Angelegenheiten weg. Kein Mensch wußte, wo er hingefahren war, und es war das erste Mal, daß er eine Geschäftsreise unternahm.

Kaum war Delamot zurück, stand er am Fenster und wartete auf die Kleine. Als sie vorbeilief, sah er ihr nach, bis sie über die Urftbrücke gelaufen und in Richtung Grundschule verschwunden war. Da sie immer früher zurückkam als die anderen, vermutete Delamot, daß sie gar nicht in die Schule ging, sondern sich bei der Tennishalle, im Spielsalon oder am Fluß herumtrieb. Von da an sah er sie jeden Morgen die Straße hinuntergehen, immer um dieselbe Zeit, kurz bevor sich die Schranken für den Schienentriebwagen bimmelnd senkten. Er war erst ruhig, wenn er sie gesehen hatte. Selbst wenn er Kundschaft hatte, ging er zum Fenster, stellte sich auf die Zehenspitzen und linste die Straße hinunter. Einmal blieb sie am Fenster stehen und sah sich die verstaubten und vergilbten Auslagen an. Nichts in Kall hatte sich bis dahin so wenig verändert wie die Dekoration in Delamots Schaufenster, wenn man davon absieht, daß hin und wieder die Spinnen neue Netze zwischen den Parfümflakons und Sprays webten und die Plakate jedes Jahr ein bißchen mehr vergilbten. Als das Mädchen vor dem Fenster stand, steckte Delamot seinen Kopf durch die Gardine, lächelte und schnitt Grimassen, wobei seine vergoldeten Augenzähne blinkend zum Vorschein kamen. Sie erschrak und lief weg.

Zur Verwunderung aller gab Delamot plötzlich seinen Lehrmädchen den Auftrag, die Fenster zu dekorieren. Er stand mitten auf der Straße, gab Anweisungen, die Autos mußten um ihn herumkurven, während seine Mädchen im Schaufenster herumkrochen. Was dabei herauskam, entsprach eher einem Puppenladen als der Dekoration eines Friseurgeschäfts.

Am nächsten Morgen war Delamot so aufgeregt, daß er alle paar Minuten zum Fenster lief. Irgendwann sah er sie endlich, sie näherte sich dem Fenster und blieb tatsächlich stehen. Delamot brachte seine Nase über die Gardine, sah, wie das Mädchen auf eine Haarspange blickte. Er zog die Gardine zur Seite, öffnete eine Luke in der Holzabtrennung, kroch ins Fenster, holte die Spange heraus und ging nach draußen. Sie stand scheu vor dem Fenster und war drauf und dran wegzulaufen. Delamot nahm ihre Hand, legte die Haarspange hinein und sagte, sie solle in die Schule gehen, obwohl er genau wußte, daß sie überall hinging, nur nicht zur Schule. Er gab ihr einen Klaps und sagte ihr: «Nu mach schon, ich schenk sie dir.» Sie sagte kein Wort und rannte weg. Delamot sah ihr nach, wie sie die Straße hinunterlief. Er stand auf dem Treppenabsatz, wippte, hatte die Hände auf dem Rücken und ein Schmunzeln im Gesicht. Als sie auf der Brücke angelangt war, drehte sie sich um, lief ein Stückchen rückwärts und winkte. Delamot ging erst wieder in den Laden, als sie nicht mehr zu sehen war. Von da an stand sie jeden Morgen eine Weile vor dem Fenster, bis Delamot sie begrüßt hatte. Einmal kam sie zwei Wochen nicht, weil sie krank war. Delamot lief tagelang unruhig umher, war nicht zu ertragen, bis er sich entschloß, ihre Familie zu besuchen. Ediths Mutter war eine zierliche Frau mit glänzenden schwarzen Haaren und einem weißen Puppengesicht. Als Delamot vor ihrer Haustür stand, ließ sie ihn nicht hinein. Sie erkannte ihn nicht. Sie muß damals etwa zehn Jahre alt gewesen sein, wie Edith jetzt, dachte Delamot. Sie hatte gerade Besuch und öffnete die Tür nur einen Spalt, so daß Delamot den Blumenstrauß und das Spielzeug für die Kleine durchreichen konnte. Sie sagte, daß ihre Tochter die Windpocken habe, daß es ihr aber schon bessergehe. Delamot konnte einen Blick in die Wohnung erhaschen, in der es aussah, als wären sie gerade erst eingezogen.

Einige Tage danach stand das Mädchen wieder am Ladenfenster. Sie war noch dürrer geworden, und ihr Gesicht war übersät mit roten abheilenden Pöckchen. Sie trug ein blaues Kleid, an dem der Saum herausgelassen war. Delamot schien es, als sei sie in den letzten Wochen fast einen Kopf größer geworden. Er nickte ihr zu, trommelte mit den Fingerspitzen gegen die Scheibe, und sie lief in Richtung Schule. Sie ging nun meistens dorthin. Ein paar Jahre verstrichen, bis sie vierzehn Jahre alt war und aus der Schule entlassen wurde. Delamot war schon nicht mehr der Jüngste, und das Stehen fiel ihm immer schwerer. Das Mädchen war ein bißchen zu schnell in die Höhe geschossen und ging gekrümmt, hatte den Kopf zwischen die Schultern gezogen. Delamot hatte sie immer nur mit ihrem Bruder oder Nellesem gesehen, der sie manchmal auf seinem Anhänger mit nach Anstois nahm. Als Delamot sich entschloß, sie zu fragen, ob sie bei ihm eine Lehre machen wolle, arbeitete sie schon als Verkäuferin. Sie ging jetzt morgens ein bißchen früher am Laden vorbei. Einmal in der Woche erschien sie in der Mittagspause, um den Lottoschein für ihre Mutter abzugeben. Sie gewannen fast bei jeder Ziehung eine kleine Summe. Delamot schenkte ihnen auf diese Art etwas von seinem Geld. Er hatte sein ganzes Leben lang nur gearbeitet, allein gelebt, nie viel für sich gebraucht. Soweit man wußte, hatte er keine Verwandten, und je mehr man darüber nachdachte, um so klarer wurde es, daß man über Delamot nichts wußte, weder wo er herkam, noch was er gemacht hatte. Seit Mäthes gestorben war, sagte er immer häufiger, daß er seinen Laden aufgeben würde. Man fand, daß er senil wurde, und man mußte eine Menge Mut aufbringen, um sich von ihm rasieren zu lassen.

Es gingen noch drei Jahre ins Land. Kein Tag, an dem Edith nicht am Laden vorbei und dann hinüber zu ihrer Arbeitsstelle ging. Sie war ein hübsches Mädchen geworden, ihre Beine waren nicht mehr dürr, sie hatte feste Waden und schöne Brüste. Sie glich immer mehr der jungen Frau, der Delamot in seiner Jugend in Densborn begegnet war. Hin und wieder saß sie nach Feierabend mit jungen Männern auf der Terrasse der Eisdiele. Delamot stand am Fenster. Es war ihm egal, ob einer im Laden war oder nicht, wenn jemand sich beschwerte, sagte er, wenn er es eilig habe, könne er woanders hingehen. Und dann kam sie eines Samstags in den Damensalon. Sie wollte sich besonders hübsch machen lassen, um mit einem jungen Mann auszugehen. Delamot erschien alle paar Minuten unter einem Vorwand im Salon, meckerte mit seiner besten Angestellten, daß sie Edith nicht richtig frisiere. Schließlich sagte sie: «Dann machen Sie's doch selbst, wenn Sie alles besser können.» Delamot trat heran und sagte galant, wie man es von ihm nicht kannte: «Darf ich, meine Dame?», und dann tänzelte er um sie herum. Es dauerte Stunden, in denen er jedes einzelne Haar schnitt und in Locken legte, als wolle er ein Kunstwerk schaffen. Als er fertig war und sie bezahlen wollte, lehnte er ab. Er sagte, es sei ihm ein großes Vergnügen gewesen. Sie gab ihm einen Kuß auf die Wange, er errötete und konnte kein Wort sagen. Er öffnete ihr nur die Tür, machte eine Verbeugung und sah ihr nach, wie sie hinunter zur Eisdiele lief, wo bereits der junge Mann wartete, mit dem sie einige Tage später Kall verließ.

Schon als Paul mit Johanna nach Kall zog, sagte sie, daß es nicht für die Ewigkeit sei. Sie sagte, daß sie nicht länger als fünf Jahre an einem Ort bleiben könne, dann werde sie unzufrieden und bekomme Depressionen. Es hänge wohl damit zusammen, daß sie in ihrer Jugend alle paar Jahre mit ihrer Familie umgezogen sei. Ihr Vater war beim Militär gewesen und wurde dauernd woandershin versetzt. Eine Zeitlang wohnte Johanna mit ihren Eltern in der Eifel, in der Nähe von Kyllburg, etwa siebzig Kilometer von dort, wo sie und Paul schließlich landeten. Johanna hatte in Kyllburg noch einen Verwandten, Vincentini, ein alter Mann, der mit einem elektrischen Akupunkturgerät durch die Gegend reiste und den sie einmal besucht hatten. Vincentinis Lebensgefährtin hatte ihnen heimlich, ohne sein Wissen, ein Gerät gegeben, und Johanna behandelte Paul manchmal damit, wenn er Kopfschmerzen hatte. Vincentini kam hin und wieder bei ihnen vorbei, wenn er in der Gegend zu tun hatte, saß in der Küche, paffte seine Zigarren und redete nur von seinem Akupunkturgerät. Er machte Paul das Angebot, ihn zu chauffieren. Aber Paul hatte keinen Führerschein mehr, seit die Polizei ihn gestoppt hatte, als er völlig betrunken als Geisterfahrer über die Autobahn gefahren war. Immerhin sei er auf diese Art einmal in die Radionachrichten gekommen, sagte er zu Vincentini. Seit Paul mit Johanna zusammen war und sie in Kall lebten, hatte er mit dem Trinken aufgehört. Sie hatten beide kaputte Beziehungen hinter sich und wollten, als sie nach Kall kamen, nur aus der Stadt raus und neu anfangen. Der Zufall hatte sie in diese Gegend verschlagen. Doro, eine Freundin von Johanna, hatte erzählt, sie habe früher in Kall gewohnt, und hatte ihnen den Tip gegeben.

Sie fanden ein Häuschen an einem kleinen Fluß, an der Bahnstrecke nach Trier.

Johanna arbeitete als Busfahrerin. Sie frühstückten um fünf Uhr morgens, und Paul saß am Schreibtisch, wenn Johanna zu ihrem Bus ging. Sie hatte den Bus auf einem Parkplatz am Flußufer geparkt. Sie stand neben der Fahrertür, hielt eine Kaffeetasse in den Händen, um sich die Finger zu wärmen, und sah zum Wasser hinunter. Johanna hatte immer kalte Finger, und im Bett legte sie die Hände auf Pauls Bauch, um sie zu wärmen. Sie hatte die Haare hochgesteckt und trug Jeans und einen Anorak. Paul hätte gerne gewußt, an was sie dachte, wenn sie dort stand. Aber er hatte sich nie getraut zu fragen. Johanna fuhr morgens von Dorf zu Dorf, holte Behinderte bei ihren Familien ab und brachte sie zu Werkstätten, in denen sie für ein paar Pfennige stupide Arbeit verrichteten: Plastiktuben für Ebersamen klebten und Kartons zusammenfalteten. Manche konnten nicht richtig sprechen, andere dachten nur sehr langsam, oder sie redeten so, als wären sie aus einer anderen Welt. Abends chauffierte sie ihre Leute wieder nach Hause. Es waren seltsame Gestalten darunter, aber alle waren glücklich mit ihrem Leben. Nur einer, Rosarius, ein großer, gutmütiger junger Mann mit Tätowierungen auf den Armen, versuchte manchmal abzuhauen, indem er sich in dem Lastwagen versteckte, der die Ebersamentuben abholte. Johanna sagte, daß Rosarius gar nicht wisse, wohin er wolle, und daß er gar nichts anderes kenne als das Dorf, aus dem er komme und aus dem er dennoch wegwolle. Manche Lastwagenfahrer bemerkten den blinden Passagier nicht gleich und mußten ihn dann wieder zurückfahren.

Nachdem Johanna ihre Morgentour erledigt hatte, arbeitete sie im Supermarkt. Sie war für einige Markenartikelregale zuständig, mußte die Regale auffüllen, säubern und Bestellungen aufgeben. Paul arbeitete als Programmierer. Es gab zu der Zeit noch genügend Aufträge. Fast jedes kleine Unternehmen benötigte Programme, um die Buchhaltung oder die Warenlagerung zu automatisieren. Wenn Paul Pause machte, ging er in die Cafeteria des Supermarktes, wo er mit alten Männern, die aus den umliegenden Dörfern dorthin kamen, zusammensaß. Kall war ein Städtchen, das nur für diese kleinen Ortschaften Bedeutung hatte. Paul war dennoch zufrieden hier. Er hatte es sich abgewöhnt, große Ansprüche zu stellen. Es sollte sich nichts mehr verändern, er war zum ersten Mal froh über sein Leben. Doch dann hatte Johanna im Winter einen Unfall, die Straße war auf dem Höhenrücken vor Sistig überfroren, ihr Bus rutschte auf einem Eisspiegel in den Straßengraben, drohte weiterzurutschen und sich zu überschlagen. Ein paar ihrer Schützlinge hatten sich verletzt, sie schrien hysterisch durcheinander, Johanna versuchte, sie aus dem Wagen zu befreien. Nur Rosarius befand sich noch im Bus, als dieser langsam weiter den Hang hinunterrutschte, sich überschlug und dann in einem Zaun hängenblieb. Johanna machte sich wegen des Unfalls Vorwürfe, sie besuchte Rosarius oft im Krankenhaus, ein Arm war gebrochen, er hatte Hautabschürfungen und Prellungen.

Als Rosarius aus dem Krankenhaus kam, ließ er Johanna keine Ruhe mehr. Er rief dauernd an und wurde sogar während der Busfahrten zudringlich, er stand manchmal nachts vor der

Haustür, und Paul hatte den Fehler gemacht, ihn hereinzulassen. Einmal brach er im Fluß ein, er hatte Teelichter auf das Eis gestellt, die ein Herz formten, er hatte mitten im Herzen gestanden. Dies geschah, als sie gerade fünf Jahre in Kall wohnten. Johanna meinte, es sei Zeit wegzugehen. Sie hatte sich bereits in mehreren Städten als Lehrerin beworben. Als die Zusage aus Berlin kam, entschloß sie sich, die Stelle anzunehmen. Sie war nicht davon abzubringen. Paul verstand nicht, wieso sie weggehen wollte, sie hatten lange darüber diskutiert und gestritten, und zuletzt hatte er gesagt, daß er mitkommen werde. Aber jetzt war er sich nicht mehr sicher, ob er mit nach Berlin gehen sollte.

Paul saß im Arbeitszimmer, während Johanna Gläser in altes Zeitungspapier wickelte, ihre Sachen aus dem Badezimmer holte und in Kartons verpackte. Wie immer, wenn sie guter Dinge war, pfiff sie Lieder durcheinander. Später lief sie zum Supermarkt, um leere Kartons zu holen. Danach kam sie in Pauls Arbeitszimmer, schlang die Arme um seinen Hals. Sie roch nach einem Parfüm, das sie früher, in der Zeit kurz nachdem sie sich kennengelernt hatten, benutzt und das sie beim Ausräumen des Badezimmerschrankes gefunden hatte. Paul schrieb die letzten Seiten einer Programmdokumentation und druckte das Dokument aus. Während der Drucker Seiten ausspuckte, dachte er, daß er einer Frau wie Johanna nie mehr begegnen würde. Sie trug Kisten zum Kleintransporter, den sie für den Umzug geliehen hatten. Sie wollten am Abend fahren und am nächsten Morgen in Berlin ankommen. Sie hatten ein kleines Apartment in der Nähe des Tiergartens gemietet. Vom Fenster aus konnte man auf die Volieren hinuntersehen, in denen exotische Vögel lebten. Johanna mußte schon am

Montag in der Schule anfangen. Paul heftete die Dokumentation zusammen, steckte sie in seinen Rucksack und ging nach draußen. Er fuhr mit seinem Rad an der Fassade des Supermarktes vorbei. Sie hatten vor zu fahren, nachdem Johanna ihre Leute zum letzten Mal aus der Werkstatt abgeholt und nach Hause gebracht hatte. Sie wollten die ganze Nacht durchfahren und am Morgen ankommen. Es war abgemacht, daß sie sich in der Cafeteria des Supermarktes treffen, um dort etwas zu essen, und daß sie dann losfahren würden.

Auf dem Parkplatz vor dem Supermarkt machten junge Männer einer Werbefirma gerade einen Fesselballon flugbereit. Der Ballon wurde von den Böen über den Platz gedrückt, und der Korb schwebte dicht über den Autodächern. Paul radelte die Bahnhofstraße hinunter, an einem Reisebüro vorbei, kleinen Geschäften und der Post. Severings Büros befanden sich im Nebengebäude einer Tankstelle im Industriegebiet. Am Eingang hing ein Schild mit der Aufschrift: «Severing, Sicherheitstechnologie». Severing saß im Büro. Er hatte einen Spitzbart und unruhige Augen. Er hatte vier Programmierer angestellt, junge Männer, die Paul an die Zeit erinnerten, als er mit dieser Arbeit begonnen hatte, an Jahre, die er in muffigen Büros vertan hatte. Severing stellte Fragen zu Filter- und Verschlüsselungsmechanismen. Dann lehnte er sich in seinem Stuhl zurück und sah gedankenverloren zum Fenster hinaus zur Tankstelle, wo gerade eine Frau aus dem Auto stieg und zur Zapfsäule ging. Die Frau war so hübsch, daß sie beide zu ihr hinsahen. Sie nahm den Zapfhahn aus der Säule und ging damit um das Auto herum. Als sie von der Kasse zurückkam und ins Auto stieg, sagte Severing: «So schöne Frauen gibt's hier nicht.»

«Wie kommst du drauf, daß die nicht von hier ist?»

«Sie hatte ein Berliner Nummernschild.» Sie sahen, wie die Frau auf der anderen Straßenseite am Schnellrestaurant vorbeifuhr. Auf dem Brachland neben dem Restaurant weideten Schafe. Man benötigte etwa eine halbe Stunde von hier bis zur nächsten Autobahnauffahrt.

«Würd gern auch was Neues anfangen, aber meine Frau ist hier geboren, sie meint, sie kann sonst nirgendwo glücklich sein», sagte Severing. Auf der Straße fuhren weiße Containerlastzüge eines Papierhandels vorbei, der im Industriegebiet angesiedelt war. Paul arbeitete drei Stunden mit Severing und einem seiner Programmierer die Dokumentation durch und beantwortete Fragen, dann verabschiedete er sich und radelte in die Stadt zurück. Da Wochenende war, stand der Parkplatz vor dem Supermarkt voller Autos. Leute, die aus den Dörfern zum Einkaufen kamen. Der Fesselballon schwebte jetzt hoch über dem Parkplatz. Im Korb standen Leute, die auf den Platz hinuntersahen. Paul freute sich plötzlich darauf, mit Johanna wegzufahren. Es war egal, wo sie lebten, solange sie zusammen waren. Am Eingang des Marktes verteilten junge Frauen Lose. Eine von den Frauen fragte ihn, ob er ein Los haben wolle.

«Der erste Preis ist eine Ballonfahrt.»

«Ich gewinne nie», sagte Paul.

«Doch, heute gewinnen Sie bestimmt, Sie müssen Ihrem Glück nur eine Chance geben.» Sie reichte Paul ein Los. Er nahm es und ging zur Theke der Cafeteria und holte sich einen Kaffee, setzte sich an einen Tisch am Fenster und sah der jungen Frau zu, wie sie Lose verteilte und jeden genauso freundlich anlächelte, wie sie es auch bei ihm gemacht hatte.

Sein Los hatte er auf der Theke liegengelassen. Er wartete auf Johanna.

Sie machten Feierabend im Zementwerk, um diese Zeit war auf der Rinnener Straße viel Verkehr. Claess saß auf der Bank vorm Haus. Frühere Arbeitskollegen hupten, als sie vorbeifuhren. Claess grüßte, indem er seinen Stock hob. Er hatte sein ganzes Leben im Zementwerk gearbeitet, eine Zeitlang in der Packerei, am Drehofen und an den Rohmehlmühlen. Vom Mühlenlärm war er zuletzt fast taub geworden. Die Straße führte zur Walentaler Höhe und weiter nach Zülpich. Claess war in seinem ganzen Leben nicht weiter als bis nach Zülpich gekommen. Er bückte sich, hielt die Hand vor den Mund und hustete. Sie war voll Blut, er spürte Schmerzen in der Brust und begann wieder zu husten und wischte das Blut ins Taschentuch. Er hatte früher schon so etwas gehabt, doch es war nach ein paar Tagen wieder weggegangen. Einige Männer kamen die Straße entlang, Malchold war unter ihnen. Er ging zur anderen Straßenseite und grüßte Claess nicht. Mit Malchold war Claess vor vielen Jahren in Zülpich gewesen. Der Schmerz stach, er mußte wieder und wieder husten und hatte das Gefühl, als würde sich seine Lunge in Krümel auflösen und als würde er sie Stückchen für Stückchen mit Rotz und Blut ausspucken. Er wischte sich den Mund ab und ging ins Haus.

Am nächsten Morgen stand er nicht auf. Auf dem Plumeau war sein Blut. Seine Frau bezog das Bett. Die Schmerzen wurden schlimmer. Claess wollte keinen Arzt. Am Nachmittag schlug er die Decke zur Seite, setzte sich auf die Bettkante, schlurfte am Bett entlang zur Tür und stürzte. Als er die Augen öffnete, gab ihm der Arzt gerade eine Spritze. Claess hatte danach keine Schmerzen mehr, alles war von einer ungewöhnlichen Klarheit. In der Nacht hörte er Kastanienblätter über die Straße kratzen, das Klappern des Hofgatters. Leo und Martin liefen die Straße hinunter. Die jungen Männer gingen zum Fittichwehr. Claess dachte an seine Jugend, daran, wie er mit Malchold nach Zülpich gefahren war und sie dort einen ganzen Nachmittag vergeblich auf den Bus gewartet hatten. Wo wären wir jetzt, wenn der Bus gekommen wäre, dachte er. Schließlich war er mit Malchold in der Nacht nach Kall zurückgelaufen. Sie hatten auf dem Heimweg miteinander gestritten. Danach waren sie keine Freunde mehr, hatten sich nicht einmal mehr gegrüßt. Aber es war nichts geschehen, außer daß der Bus nicht gekommen war. Claess schlief ein. Am Morgen stand der Krankenwagen vor dem Haus. Seine Frau hatte Sachen zusammengepackt.

Ein paar Tage später operierten sie Claess, schnitten etwas aus der Lunge und entfernten einen Teil vom Darm. Als er aus der Narkose erwachte, stand er auf, um nach Hause zu gehen. Ein Apparat fing an zu piepsen. Claess schimpfte und spuckte wieder Blut. Seine Handgelenke wurden festgebunden. Er riß Infusionsschläuche ab. Sie hatten ihm den Mund zugeklebt, so daß nur das Röhrchen mit dem Schlauch herausragte, der Schlauch führte zu einem Plastikbeutel seitlich am Bett. Seine Frau kam zu Besuch. Sie betrat das Krankenzimmer, sie trug einen grünen Kittel, eine Haube und Plastiküberschuhe. Nach dem Besuch lief sie durch die Stadt und machte Einkäufe, sie hatte vergessen, die Plastiküberschuhe aus dem Krankenhaus auszuziehen. Sie war ganz durcheinander und kaufte Sachen, die sie gar nicht brauchten. Claess wurde in ein anderes Zimmer verlegt, das Zimmer lag zur Bahnstrecke. Jede Stunde ratterte der Zug nach Euskirchen vorbei, wo sie damals in den Zug nach Zülpich umgestiegen waren. Von dort wollten sie weiterfahren, nach Paris, zur Legion und Abenteuer erleben. Die Strecke nach Zülpich war schon seit Jahren stillgelegt.

Vincentini hatte nach dem Krieg das von Bomben zersplitterte Holz der Eifelwälder von den Bauern gekauft und an Papierfabriken verhökert, in Kalksteinbrüchen gearbeitet und im Straßenbau. Als Vincentini ganz unten war und Dreck gefressen hatte, wie er zu sagen pflegte, war er dem Perseus begegnet, hatte den Alleinvertrieb für das Gerät in der Eifel übernommen. Der Perseus hatte ihm aus dem Sumpf geholfen. Vincentini hatte damals gute Geschäfte gemacht, aber jetzt lief es nicht mehr, er hatte seit Wochen kein Gerät verkauft. Der Perseus war ein schuhkartongroßer Kasten mit Regelknöpfen, einem Anschluß, der um die Hand gewickelt wurde, und einer kleinen Walze mit vergoldeten Nadeln, eine Art elektrisches Akupunkturgerät. Vincentini besuchte Kranke, um den Perseus vorzuführen. Rosarius verteilte für Vincentini in den Dörfern Werbekarten, auf diesen Karten war das Gerät beschrieben. Wenn jemand Vincentinis Besuch wollte, brauchte er nur die Antwortkarte zu schicken, und Vincentini kam sogleich. Während sie umherfuhren, erklärte Vincentini Rosarius, wie der Perseus funktionierte. Aber Rosarius verstand kaum etwas. Vincentini redete von niedrigen elektrischen Strömen, die den Körper durchfließen, von einem Spinnennetz feiner Äderchen unter der Haut.

«Die verstopften Äderchen mußt du finden», sagte Vincentini. Der Strom aus dem Perseus wurde an den kranken Stellen über die Elektroden in die Haut hineingezogen, an diesen Stellen stimmte etwas nicht, und Vincentini wußte, daß er dort behandeln mußte. Vincentini fuhr schon seit Jahren mit dem Perseus übers Land.

«Irgendwann werden wir alle Geräte verkauft haben, dann sind wir reich», sagte er. «Man darf nicht aufgeben, Rosarius, du darfst nie im Leben aufgeben», sagte er. Vincentini redete und redete, und Rosarius schlief ein, während sie umherfuhren. Sie waren schon Wochen unterwegs, in Daun und Manderscheid, in Prüm und Mürlenbach und in winzigen Dörfern gewesen, die nur Vincentini zu kennen schien. Jetzt waren sie wieder in die Nähe von Kall gekommen. Vincentini hatte immer gute Geschäfte in dieser Gegend gemacht. Er war müde und parkte an der Landstraße. Dann schloß er seine Augen und schlief ein. Rosarius kletterte die Böschung zum Fluß hinunter. Er hockte am Wasser und beobachtete Ellritzenschwärme über dem Uferschlick. Einige Meter vom seichten Ufer entfernt ging es steil hinab. Als die Mutter von Rosarius noch lebte, hatten sie einen Ausflug zu dieser Stelle gemacht, wo Rosarius jetzt hockte, sein Vater hatte von einem Ort erzählt, der sich irgendwo unter dem Fluß befand. Seit dem Tod der Mutter hatte sein Vater sich verändert, er trank und arbeitete nicht mehr. Rosarius lungerte herum und fuhr manchmal mit Vincentini übers Land, um beim Verkauf des Perseus zu helfen. Rosarius glaubte unten im Wehr menschliche Schatten zu sehen. Er glaubte, daß seine Mutter dort unten war, er lief aufgeregt am Ufer entlang. Als es schon dämmerte, fiel ihm ein, daß er Vincentini längst hätte wecken sollen. Er kletterte die Uferböschung hinauf. Vincentini lag mit dem Kopf auf dem Lenker und schnarchte.

Er war böse, daß Rosarius ihn so spät geweckt hatte. Jetzt konnten sie nicht mehr zu Kunden fahren.

«Wenn man zu spät kommt, kaufen sie nichts», brüllte er. «Du bist zu nichts zu gebrauchen, Rosarius!» Er schimpfte die ganze Zeit, bis sie zur Gaststätte Arimond kamen. Vincentini übernachtete dort, wenn er in diese Gegend kam.

Nachdem sie zu Abend gegessen hatten, ging Vincentini an die Theke. Er erklärte den Gästen sein Gerät.

«Der Perseus ist ein elektrisches Akupunkturgerät, das durch schwache Stromimpulse fast jede Beschwerde heilt.» Er zog aus seiner Jackentasche Schreiben von dankbaren Kunden, sagte, der Erfinder des Gerätes habe ihm die Alleinvertretung anvertraut, seit zwanzig Jahren verkaufe er das Gerät. Als er spät in der Nacht betrunken ins Zimmer kam, tastete er sich zum Bett, saß in Unterhosen auf der Bettkante, hatte den Perseus vor sich auf dem Fußboden. Um den linken Fuß band er die Ledermanschette, sie war mit einem Kabel an den Perseus angeschlossen. Der andere Fuß stand auf einem Fußbett mit vielen stumpfen Nadeln. Strom floß durch Vincentini, seine Waden und seine Brust vibrierten, er schien im Dunkel zu glühen.

Am Morgen brachen sie wieder auf. Vincentini war nicht mehr böse über Rosarius. Er sagte, der Winter komme um diese Jahreszeit immer noch einmal in die Eifel zurück. Sie fuhren an einem Sägewerk vorbei, auf den mit Schnee bedeckten Stämmen hockten Graureiher, die erschreckt aufflogen, als der Wagen in ihre Nähe kam. Vincentini holte Werbekarten aus seiner Jackentasche, steuerte mit einer Hand, hielt die Karten über dem Lenkrad und las die Adressen der Kunden laut vor.

«Zeiser, zu dem fahren wir jetzt», sagte er. Sie fuhren durch kleine Dörfer und Weiler und kamen an Fischteichen und Lavagruben vorbei. Am Straßenrand erstreckten sich weite Felder und Wiesen, auf denen eine dünne, glasige Schneeschicht lag. Vincentini bog von der Straße ab, auf einen Wirtschaftsweg. Sie fuhren über eine schmale Betonbrücke zu Zeisers Hof. Auf dem Hof stand ein aufgebockter VW-Bus, in Plastikfolie eingeschweißte Strohballen lagen herum. Aus der offenen Stalltür kam der Atem des Viehs. Zeiser war im Stall und schrie mit den Kühen herum, er brüllte sie an, wie ungezogene Kinder.

«Der Zeiser ist verrückt», sagte Vincentini lachend, bevor er ausstieg. Es gab niemanden in der Eifel, den Vincentini nicht kannte. Vincentini ging mit dem Perseus ins Wohnhaus, während Rosarius im Auto sitzenblieb und Radio hörte. Als es ihm langweilig wurde, ging er zu Vincentini ins Wohnhaus. Schon im Flur hörte er ihn laut reden und die Vorzüge des Gerätes anpreisen. Zeisers Frau saß mit entblößter Schulter am Küchentisch. Sie hatte ihr dickes, graues Haar, auf die Bitte von Vincentini, hochgesteckt.

«Schon diese kleine Bewegung tut mir weh. Bei wie vielen Ärzten ich schon gewesen bin, weiß ich gar nicht mehr», klagte sie. Die Ärzte waren Vincentinis größte Feinde, er nannte sie verächtlich Weißkittel, die nur Tabletten verschrieben und teure Apparatemedizin verkauften.

«Sie fürchten um ihre Pfründe», schrie er, «wer den Perseus besitzt, hat die Weißkittel nicht mehr nötig.»

Vincentini hatte sich wieder beruhigt und stellte den Perseus behutsam auf den Tisch, öffnete den Lederdeckel. Zum Vorschein kamen das goldene Bedienerfeld, die Strom- und Impulsanzeige, die Reglerknöpfe. Eine kleine Gravur des Helden Perseus, der mit Hilfe der Götter Medusa tötete. Vincentini legte der Bäuerin die Manschette ums Handgelenk, erklärte die Wirkungsweise, schaltete das Gerät ein, bewegte die Walze vorsichtig über Schulter und Nacken der Bäuerin. Bald konnte die Frau ihren Arm schmerzlos bewegen. Vincentini sagte, der Perseus sei billig, verglichen mit dem, was sie für Arzt und Medikamente ausgaben, wetterte wieder über die Weißkittel. Rosarius ging nach draußen und wartete.

Als Vincentini endlich kam, saß Rosarius im Auto. Vincentini hatte nach langer Zeit wieder einen Perseus verkauft. Als sie vom Hof fuhren, sagte er:

«Hast du gesehen, wie man das macht? Wir haben jetzt eine Spur, der wir nur folgen müssen.» Überall, wo sie hinfuhren, hatten sie nun Erfolg. Vincentini tänzelte jedesmal, wenn er einen Kunden verließ, triumphierend auf das Auto zu. Sie fuhren kreuz und quer durch die Eifel. Vincentini war wie im Rausch. Als sie am späten Abend wieder zur Gaststätte Arimond kamen, hatten sie alle Geräte verkauft.

Bezeichnete ich den Lachs als den König unter den Süßwasserfischen, so möchte ich den Hecht den Tyrannen unter ihnen nennen. *Izaak Walton, Der vollkommene Angler*

Der Belgier kam immer am Ende der Saison, wenn nur noch wenige Feriengäste im Haus waren. Er war ein kleiner Mann mit kugeligen Augen und einem schmalen Oberlippenbart. Seine letzte Urlaubswoche war angebrochen, und er hatte den Hecht, auf den er es schon so lange abgesehen hatte, noch immer nicht gefangen. Er wurde ungeduldig und mekkerte, wenn er vom Fischen kam, an allem herum, wurde, wenn er getrunken hatte, streitsüchtig. Bevor er am Abend aus der Gaststätte zu Bett wankte, trug er Frau Arimond auf, daß er unbedingt um vier Uhr morgens geweckt werden wolle.

Nachdem der Belgier zu Bett gegangen war, war es noch spät geworden, Vincentini hatte wieder kein Ende gefunden. Frau Arimond hatte kaum im Bett gelegen, da klingelte auch schon der Wecker. Sie sprang auf, zog den Morgenmantel an und lief nach unten. Sie war noch nicht richtig wach, und es kam ihr vor, als hätte sie nur ein paar Minuten die Augen geschlossen gehabt. In der Gaststätte roch es nach Vincentinis Zigarren. Vincentini war am Abend auf seiner Tour durch die Eifel vorbeigekommen, hatte an der Theke gesessen, endlos vom Perseus geredet, seinem Wundergerät, hatte versucht herauszufinden, wo alte, kranke, am besten vermögende Damen lebten, denen er seinen Perseus andrehen konnte. Der Hocker, auf dem der Belgier gesessen hatte, lag auf dem Boden. Frau Arimond hob einen Zeitungsausschnitt auf, es war der Artikel mit dem Foto, auf dem der Belgier mit seinem großen Hecht zu sehen war, es war der Fisch, den er in seiner Jugend gefangen hatte. Stundenlang kämpfte er mit dem Fisch, schließlich, als er völlig erschöpft war, wickelte er die Angelschnur um einen Baum. Nie mehr hatte der Belgier einen solchen Fisch gefangen. Er hatte am Abend erzählt, daß er den Hecht am Fittichwehr entdeckt habe, er sei aus der Tiefe heraufgekommen und habe seinen großen dunklen Rücken gezeigt. Er behauptete, dieser Hecht sei ein Nachfahre des Fisches, den er in seiner Jugend gefangen hatte, er hatte den vergilbten Zeitungsausschnitt aus seiner Geldbörse genommen, auf dem er neben dem riesigen Fisch zu sehen war. Der Belgier erzählte, daß der Hecht zu den langlebigsten Süßwasserfischen gehöre. Man habe in Schweden einen Hecht mit einem Ring im Nacken aus einem Teich gefischt und dabei die Feststellung gemacht, daß der Fisch laut der auf dem Ring befindlichen griechischen Inschrift hundert Jahre vorher von Frederick II. in ebendiesem Teich ausgesetzt worden war. Nachdem Vincentini erschienen war, hatte der Belgier sich nach oben verabschiedet, und danach hatte nur noch Vincentini über seinen Perseus geredet.

Frau Arimond schickte Lia nach oben zum Zimmer des Belgiers. Sie selbst bereitete das Frühstück zu. Leo wurde wach, als Lia gegen die Tür des Belgiers klopfte. Kurz darauf ging der Belgier in seinen hüfthohen Stiefeln und mit Angelgerät bepackt den Flur hinunter. Leo war noch müde, er war die ganze Nacht mit Martin und Christian herumgestromert. Sie waren in Zingsheim gewesen und in der Nacht an der Landstraße entlang nach Hause gelaufen. Die Gaststätte war geschlossen, nur im Zimmer des Belgiers brannte noch Licht. Sie sahen ihn unruhig im Zimmer umhergehen, und er hatte vielleicht gar nicht geschlafen, sondern nur an seinen Fisch gedacht. Leo schlief bereits wieder, als der Belgier schweigend und mit einem mißmutigen Gesichtsausdruck den Frühstücksraum betrat. Frau Arimond ärgerte sich über seine Unhöflichkeit und die dreckigen Stiefel, mit denen er das Haus verschmutzte. Sie verkniff sich jedoch eine Bemerkung. Sie hatte die Innereien vom Geflügel, das es am Vortag gegeben hatte, auf die Seite gelegt. Nun ging sie zum Kühlschrank und schüttete das Fleisch aus der Schüssel in einen Plastikbeutel, machte einen Knoten hinein und gab die Tüte dem Belgier. Der Belgier steckte sie schweigend in seine Angeltasche. Er frühstückte und verließ das Haus. Er ging bis zur Brücke, die zu den Bahngleisen führte, kletterte den schmalen, glitschigen Pfad zum Ufer hinab. Am Wehr stand das Wasser fast still, es war sehr tief und floß unterirdisch durch Teile der alten Bergwerksstollen, um am Ende von Kall im Gemündener Tal hervorzutreten und sich mit dem Hauptarm des Flusses wieder zu vereinigen. Nebel stieg auf, Erlenblätter schwebten von den Uferbäumen und trieben den Fluß hinab, Witwenspinnenfäden hingen zwischen Zweigen. Der Belgier hockte sich auf der Uferböschung hin, sah über das sich kräuselnde dunkelgrüne Wasser, auf dem die aufgehende Sonne schimmerte. Er entdeckte den Hecht unter einem im Wasser liegenden Gestrüpp, ein Riese mit großen, hellen Sprenkeln, er bewegte die Schwanzflosse, scherte zur Seite, ließ sich in der Strömung treiben, kehrte dann wieder zu seinem Platz zurück. Der Hecht hatte keine Angst, er war ein schwermütiger und zugleich unerschrockener Fisch. Einsiedlerisch und schwermütig, weil er stets allein war und nie in einem Schwarm oder paarweise schwamm, wie die meisten anderen Fische, und unerschrocken, weil er sich nicht wie Forelle oder Döbel vor einem Schatten noch vor sonst irgend etwas fürchtete. Der Belgier war sich sicher, daß er ihn fangen würde. Er würde, auch ohne Hunger zu haben, anbeißen, sei es aus Wut oder Begierde, die von der in der Nähe befindlichen Lockspeise in ihm hervorgerufen wurde. Der Belgier montierte seine Rute, steckte den Köder auf den Haken und warf die Schnur aus. Die Pose trieb in der Strömung ab. Um zu verhindern, daß der Köder sich im Gestrüpp verhedderte, zog er ihn wieder heraus, beschwerte das Vorfach mit Blei und warf ihn weiter flußaufwärts aus. Die Pose trieb jetzt ganz langsam auf die Stelle zu, wo der Hecht abgetaucht war. Er würde den Köder schnappen, er konnte den Innereien nicht widerstehen.

«Jetzt, jetzt sehen wir uns wieder», sagte der Belgier leise. Er hielt die schwere Angel mit der Schnurtrommel, die bis knapp unter ihren vorderen Rand mit Schnur gefüllt war, mit beiden Händen und stand bis zum Stiefelschaft fest im Wasser, als der Hecht anbiß.

Anton Braden war zweiunddreißig Jahre alt. Er trug immer die Arbeitsmütze von seinem Onkel Lenzen. Er hatte die Seiten über die Ohren geklappt. In der Wange hatte er ein kleines Loch, das ihm der Zement hineingefressen hatte. Es war ein so winziges Loch, daß ein Insekt sich dort hätte verkriechen können. Braden saß oft bei Arimonds in der Gaststätte, er trug klobige Arbeitsschuhe, an denen das Leder über den Stahlkappen abgescheuert war, und er war ein schweigsamer, in sich gekehrter Mann. Braden fuhr morgens mit dem Fahrrad zum Zementwerk, von dort mit einem Lastwagen zum Steinbruch, in dem er arbeitete, bis er sich bei einer Sprengung verletzte. Von da an arbeitete er in der Packerei. Im Winter stand er im Dunkeln auf, fuhr zur Arbeit und kehrte im Dunkeln zurück. Vor der Gaststätte klopfte er sich nach der Arbeit den Zementstaub aus den Kleidern und trat ein. Braden arbeitete jetzt am Gesteinsbrecher, wo auch sein Onkel gearbeitet hatte. Für Braden gab es nur Steine und Versteinerungen. Manchmal, wenn der junge Leo Arimond in der Gaststätte hinter der Theke stand und Anton Braden mit ihm allein war, redete er über seine Steine, er wickelte Trilobiten und Brachiopoden aus einem Tuch und legte die Steine sorgfältig auf die Theke. Er redete von Seelilien, die in einem urzeitlichen Meer wuchsen, und von den ersten Vögeln. Es schien dann, als wäre seither keine Zeit vergangen. Der junge Arimond verstand nur einen Bruchteil von dem, was Braden sagte. Wenn Leo abends mit seinen Freunden Christian und Martin herumstromerte und noch Licht in Bradens Zimmer brannte, war er sicher, daß Braden dort über seinen Steinen saß und deren Geschichte aufschrieb. Und er wußte damals schon, daß auch er später einmal solche Geschichten schreiben würde. Aber er sagte es den Freunden nicht.

Als Leo Arimond Kleenbeen zum ersten Mal sah, wohnten sie noch in einem kleinen Dorf in der Südeifel, Leos Eltern hatten dort eine Gaststätte mit dazugehörigen Fremdenzimmern und die Fischgründe der Kyll gepachtet. Leo hatte gerade mit dem Fußballspielen angefangen, Freunde gefunden und durfte zum ersten Mal in der Schülermannschaft mitspielen. Als er an diesem Nachmittag nach Hause kam, war er stolz, daß der Trainer ihm sein erstes Trikot gegeben hatte. In der Gaststätte saß Kleenbeen. Er trug einen dunklen Anzug, darunter ein weißes Nylonhemd, das am Kragen vom Schwitzen fusselig und gelb war. Ein Jackenärmel war leer und steckte in der Seitentasche. Kleenbeen hatte so kurze Beine, daß er mit seinen Schuhspitzen gerade die Trittkante des Hockers erreichte, deswegen nannten ihn die Leute auch Kleenbeen. Seine Armprothese trug er nur selten. Leo sah zweimal, daß er sie angelegt hatte, einmal, als Kleenbeens Schwester beerdigt wurde, und das andere Mal, als er Jahre später besoffen die Treppe zu den Pissoirs hinunterfiel und sich das Genick brach.

Leo ging hinter die Theke zu seiner Mutter. Frau Arimond war damals fünfunddreißig Jahre alt. Sie gab ihrem Sohn eine Limonade und schickte ihn auf sein Zimmer. Nach dieser ersten Begegnung sah Leo Kleenbeen fast jeden Tag. Er war aus der anderen Gaststätte im Ort, wo er davor Stammgast gewesen war, zu ihnen gewechselt. Er saß auf dem Hocker vor der Wand, an der die Sparkästen der Raiffeisensparkasse hingen. Er kam morgens, wenn Leos Mutter die Gaststätte öffnete, und ging, wenn sie abends abschloß. Mitunter, wenn er völlig betrunken war, brachte Leos Mutter ihn nachts auf ein Fremdenzimmer. Morgens saß er dann wieder auf seinem Hocker. Leo spielte mit ihm Kicker, zusammen waren sie unschlagbar, obwohl sie nur mit drei Armen spielten. In dieser Zeit ging Leos älterer Bruder von zu Hause weg, seine Schwester wurde geboren. Sie mußten nach fünf Jahren wegziehen, da der Besitzer den Pachtvertrag für die Gaststätte nicht verlängerte. Sie zogen in eine andere Region der Eifel, näher an die großen Städte, weg von der Kyll, den Maaren und Vulkanen. Der Fluß, der sich durch Kall schlängelte, hieß Urft, ein dunkles, geheimnisvolles Gewässer. Die ersten Wochen verstand Leo kein Wort des Dialekts, er kam sich vor, als wäre er in einem fremden Land mit einer unbekannten Sprache. Einige Wochen vergingen, bis Kleenbeen erschien und wie früher nun an der Theke ihrer neuen Gaststätte saß. Als er ankam, hatte er seinen Koffer neben dem Hocker stehen, und er war betrunken, als Leo in die Gaststätte kam. Leo trug seinen Koffer aufs Zimmer hinauf. Seine Mutter hatte das Zimmer hergerichtet. Ein Zimmerspringbrunnen mit einer giftgrünen beleuchteten Schale plätscherte auf der Kommode. Als Leo den Koffer aufs Bett legte, öffnete dieser sich, und Lederhandschuhe, Hemden, Unterwäsche, Briefe und Fotografien fielen heraus, Fotografien, auf denen Kleenbeen als Soldat zu sehen war. Auf einer war seine Mutter als Mädchen mit langen Zöpfen, sie saß auf der Treppe vor ihrem Elternhaus in Prüm und sah die Spiegelstraße hinunter. Als Kleenbeen den Flur hinunterwankte, schloß Leo den Koffer. Kleenbeen wohnte von da an in diesem Zimmer, am Ende des langen, nach Bohnerwachs und Teppichläufer riechenden Flurs. Er hielt sich nur in der Gaststätte oder in diesem Zimmer auf, bis seine Schwester starb und er zu ihrer Beerdigung in sein Heimatdorf fuhr. Er blieb Wochen weg, um Erbschaftsangelegenheiten zu regeln.

Am Abend, als Kleenbeen zurückkam, lief Leo mit seinem Freund Martin über die Bahngleise nach Sötenich. Sie fingen unter der Bahnbrücke Forellen. Es wimmelte dort von großen Forellen, die an jenem Abend so zutraulich waren, daß sie sich leicht mit der Hand fangen ließen. Als Leo nach Hause kam, war die Gaststätte geschlossen. Er schlich um das Haus in den Garten, kletterte auf den Gartenschuppen und stand auf dem Anbau des Pissoirs, als Martin die Tüte mit den gefangenen Forellen hinaufwarf. Eine Forelle lebte noch und bewegte sich in der Einkaufstüte. Leo lief nach Hause und kletterte vom Pissoirdach auf den Saalanbau und von dort eine zwei Meter lange Schräge hinauf zu den Fremdenzimmern. In Kleenbeens Zimmer brannte Licht. Leo linste durch einen Spalt zwischen den zugezogenen Vorhängen, sah den plätschèrnden Zimmerspringbrunnen auf der Kommode und Kleenbeen, der im Unterhemd auf der Bettkante hockte, und seine Mutter, die ihm ihre entblößten Brüste zeigte.

Einen Moment lang blieb Elenor Molitor in der Mitte des Kirchganges stehen, blickte auf die besetzten Plätze vorne in der ersten Reihe. Sie starrte, als wollte sie die dort Sitzenden mit Blicken vertreiben. Sie trug ein aus der Mode gekommenes, mit Mohnblumen bedrucktes Seidenkleid, das an einigen Stellen kleine Mottenlöcher aufwies. Sie war von knochiger, dürrer Gestalt, man sah ihr an, daß sie sich für den Kirchgang mühsam zurechtgemacht hatte. Elenor glich immer mehr ihrem Vater, dem alten Molitor, der nun schon seit über zwanzig Jahren tot war. Sie gab einen hellen Ton von sich, einen Ton, der tief aus ihrem Inneren zu kommen schien und einen schaudern ließ. Alle sahen in diesem Moment zu ihr hin, sahen, wie sie sich abrupt umdrehte und wieder nach draußen ging, in ihrer geraden, herrischen Art, die sie schon als junge Frau gehabt hatte. Aber die Leute nahmen sie nicht mehr ernst, die meisten wußten auch gar nichts von ihr. Seit ihr Vater gestorben war, lebte sie allein, es war zeitweise so, als gäbe es sie gar nicht mehr. Delamot erkundigte sich manchmal nach ihr, wenn jemand aus ihrer Nachbarschaft in seinen Friseursalon kam. Aber es war kaum etwas über sie in Erfahrung zu bringen. Elenor lebte sehr zurückgezogen in der Sandsteinvilla zwischen der mittlerweile stillgelegten Bahnstrecke nach Gemünd und der Urft, die in einem großen Bogen um den verwilderten parkähnlichen Garten floß. Auf der anderen Seite der Straße nach Gemünd lag ein Fabrikgelände, das früher einmal ihrer Familie gehört hatte. Auf diesem Gelände befand sich jetzt ein Schrottplatz, man konnte sich dort billig Ersatzteile fürs Auto besorgen und in einer Halle am Auto herumschrauben, was Leo Arimond und seine Freunde hin und wieder machten. Sie sahen Elenor manchmal im Garten, wenn sie auf der Mauer des Fabrikgeländes hockten und rauchten. In den Augen der jungen Männer war Elenor mit ihren sechsundvierzig Jahren bereits eine alte Frau, sie konnten sich nicht vorstellen, daß sie früher einmal hübsch und begehrenswert gewesen war. Einige Männer aus der Umgebung hatten der jungen Elenor den Hof gemacht. Keiner war ihrem Vater gut genug gewesen, und er tat alles, um die Burschen zu vergraulen. Auf Lejeune schoß er sogar mit seinem Jagdgewehr, als der zur Villa gekommen war, um Elenor zum Tanz abzuholen. Nachdem er seine Fabrik verkauft hatte, ging er nur noch auf die Jagd. Frau Arimond hatte in der Gaststätte erlebt, wie Molitor seine Frau behandelte, eine nette, gepflegte Dame. Frau Arimond meinte, daß sie viel zu gut für ihn gewesen sei und Molitor schuld habe an ihrem frühen Tod. Als sie starb, lebten die Arimonds fünf Jahre in dem Städtchen. Einige Jahre später stürzte Molitor vom Hochsitz und brach sich das Genick. Man fand ihn erst Wochen später, Füchse hatten ihn schon angefressen und Körperteile weggeschleppt. Er hatte sein ganzes Vermögen, bis auf die Villa und ein bißchen Land, durchgebracht. Als man Elenor die Nachricht vom Tod ihres Vaters brachte, verzog sie keine Miene, knallte den Polizisten die Tür vor der Nase zu und rannte nach oben in ihr Schlafzimmer. Sie arbeitete danach eine Zeitlang in der Gemeindebibliothek, die damals noch in der Schule untergebracht war. In dieser Zeit stromerte Leo mit Freunden abends im Garten der Villa herum, und sie behaupteten, jemanden bei Elenor im Haus gesehen zu haben.

«Vielleicht hat sie jetzt doch noch einen Liebhaber», sagte Delamot, als jemand ihm davon erzählte. Er ging in Gedanken einige der Männer durch, die früher Interesse an Elenor gezeigt hatten, eine ganze Reihe war schon gestorben, und die anderen waren verheiratet oder lebten schon lange nicht mehr in der Gegend. Man sah Elenor nur noch selten, die Arbeit in der Bibliothek hatte sie aufgegeben. Sie kam jedoch immer sonntags zum Hochamt, nachdem schon alle in der Kirche waren, ging, ohne nach links und rechts zu schauen, nach vorne zu den drei Sitzplätzen, die vor langer Zeit für ihre Familie reserviert worden waren.

An dem Sonntag, als man sie zum letzten Mal gesehen hatte, war nicht einmal ihr Platz besetzt gewesen, sondern der ihres Vaters. Niemand wußte, was sie so aufgeregt hatte. Sie lief durch den Ort und kreischte unverständliches Zeug und fuchtelte mit den Armen in der Luft herum. Ein paar Tage später brannte ihr Haus. Leo saß mit Martin auf der Fabrikmauer, als die Feuerwehr vorbeifuhr, der Wagen bog mit lautem Sirenengeheul kurz vor Anstois auf den Schotterweg, der zur Villa führte. Sie kamen nicht ins Haus hinein und mußten die Tür aufbrechen. Als sie das Feuer gelöscht hatten, fand man die tote Elenor neben einem verängstigten jungen Mann im Bett liegen, der, wie sich später herausstellen sollte, ihr Sohn war.

Bradens Onkel Lenzen war im letzten Kriegswinter fünfunddreißig Jahre alt. Er arbeitete damals im Zementwerk. Wegen seiner Herzkrankheit wurde er nicht zum Militär eingezogen, auch nicht, als sie zuletzt fast jeden rekrutierten und in die Ardennenoffensive schickten. Im Hürtgenwald hatten die deutschen Soldaten sich verschanzt. Bis zum Dorf hörte man den Geschützdonner. Das Vieh war vor Wochen konfisziert und weggetrieben worden. Seither hatten sie kein Fleisch mehr gegessen. Obwohl in den letzten Kriegstagen alle Maschinen im Zementwerk stillstanden, fuhr Lenzen jeden Morgen mit seinem Rad zur Arbeit. Er paßte auf, daß nichts geklaut wurde. Er war wegen seiner Herzkrankheit zu nichts anderem zu gebrauchen. An dem Morgen, an dem Lenzen den Kalbskopf fand, hatte es die ganze Nacht geschneit. Es war neblig, man sah kaum die Hand vor den Augen. Lenzen stieß mit dem Vorderrad gegen etwas, das mitten auf dem Weg lag, fiel über den Lenker und landete im Schnee. Als er sich vom Schreck erholt hatte, sah er den Kalbskopf. Er hatte große Augen und krauses Stirnfell. Lenzen klopfte sich den Schnee mit seiner Kappe ab. Dann humpelte er zu dem Kopf und rollte ihn vom Weg aufs Feld, um ihn dort im Schnee zu verstecken. Nach der Arbeit wollte er den Kopf mit dem Fahrrad nach Hause bringen. Er mußte sich beeilen, um pünktlich zur Arbeit zu kommen. Lenzen schob sein Rad den Feldweg hinunter. Das Vorderrad hatte einen Schlag bekommen, und die Kette war abgesprungen. Beim Drehrohrofen arbeiteten polnische Kriegsgefangene. Sie mauerten das Innere des Drehrohrofens aus. Außer den Polen war fast niemand mehr im Werk. Lenzen stellte sein Rad ab, ging zum Spind an den Rohmehlmühlen. Er nahm den Schutzhelm aus dem Spindfach und ging zum Verschlag vor dem Schüttloch. Durch das staubige Fenster im Verschlag sah er zum Förderband hinunter. Das Förderband transportierte sonst das Kalkgestein zu den Mühlen. Aber jetzt stand alles still. Die Lastwagen, die das Gestein aus dem Bruch zum Brecher brachten, hatten kein Benzin mehr. Früher hatte Lenzen seinem Neffen Braden oft Versteinerungen mitgebracht, die er im Kalkgestein entdeckt hatte. Lenzen trug sich ins Schichtbuch ein und machte seinen Kontrollgang. Er machte immer denselben Weg, über die Förderbandbrücke zum tiefer gelegenen Werksteil, wo sich die Packerei und das Magazin befanden. Er dachte daran, daß sie aus dem Kalbskopf eine gute Suppe machen könnten, das Gehirn würden sie mit Zwiebeln braten. Er stieg auf die oberste Etage des Wärmetauschers, sah über das Werkgelände zum Steinbruch. Der Feldweg führte in Nebel und Schnee hinein. Lenzen konnte nicht bis zu der Stelle sehen, wo der Kopf lag. Er setzte sich erschöpft auf den Boden. Er mußte das Fahrrad noch reparieren, brauchte einen Zementsack und eine Kordel, um den Sack mit dem Kalbskopf auf dem Gepäckträger festzubinden.

Lenzen machte gerade seine Eintragungen im Schichtbuch, als Strohwang ihn ablösen kam. Strohwang erzählte von einer Dorfchronik. Er hatte in der Chronik von einem Schatz gelesen, er redete die ganze Zeit nur von diesem Schatz. Lenzen hörte ihm nicht zu, er wollte endlich Feierabend machen und den Kalbskopf holen. Er fuhr aus dem Werk hinaus, am Steinbruch mußte er absteigen und schieben. Der Bruchgrat war mit großen Felsbrocken abgesichert. Auf der Sohle des Steinbruchs standen zugeschneite Bagger. Lenzen schob sein Rad durch die breite Fahrspur eines Hubladers. Vielleicht hatte jemand den Kopf gefunden und weggeholt, dachte er. Auf den Bergkuppen wirbelte Schnee, die Fichten knackten unter der Last. Lenzen kam nur langsam voran, mußte oft ausruhen. Der Weg war eine Weile fast eben, führte durch einen Taleinschnitt, dann stieg er wieder steil an. Lenzen schwitzte, zwang sich, langsam zu gehen. Er durfte sich nicht anstrengen, und er durfte keine Angst vor einem Schlag bekommen. Sie brauchten den großen Einmachtopf aus dem Keller, sie mußten den Kalbskopf kochen und sein Fell abziehen. Zwiebeln, Gemüse, Salz und Maggi, seine Schwester war eine gute Köchin, sie würde schon was draus machen. Seine Spuren vom Morgen waren längst zugeschneit. Dort, wo die Krähen flogen, mußte der Kopf liegen. Lenzen stocherte mit einem Stock, fand den Kopf nicht. Er mußte sich immer wieder ausruhen. Als er den Kalbskopf endlich gefunden hatte, steckte er ihn in den Sack und band ihn auf dem Gepäckträger fest. Die Hubladerspuren endeten plötzlich und führten über das Feld zurück. Es war unmöglich, das Rad durch den hohen Schnee zu schieben. Er steckte fest. Er trug das Rad. Dann bekam er den Schlag. Lenzen sagte später, daß er schon tot gewesen sei und Kalbskopfsuppe gegessen habe. Es war das Beste, das er jemals gegessen hatte, er wollte danach nur noch im Schnee liegenbleiben und schlafen. Aber der Kalbskopf befahl ihm weiterzugehen. Lenzen ließ sein Rad zurück und stapfte mit dem Zementsack weiter. Braden hörte seinen Onkel in der Dunkelheit mit dem Kopf reden, er redete vom Krieg, daß er kein Feigling sei, daß sie den Krieg noch gewinnen würden. Sein Onkel erkannte ihn nicht, wollte sich nicht helfen lassen, stapfte weiter und redete mit dem Kopf im Sack. Während

Braden das Fahrrad holte, schleppte Lenzen den Kopf allein nach Hause. Als Braden kam, war die ganze Familie in der Küche versammelt. Lenzen saß stolz im Sessel am Herd. Der Kopf schwamm im großen Einmachtopf und begann langsam zu tauen, verbreitete erst einen süßlichen Geruch, ehe er zu stinken begann. Sie liefen aus der Küche und übergaben sich vor Ekel. Lenzen blieb sitzen, er weinte und stand schließlich auf, um den Topf auf den Mist zu schütten. Braden holte den Kalbskopf später vom Mist und versteckte ihn im Schuppen hinter dem Haus.

Braden begegnete seinem Onkel damals an der Stelle, wo heute der Friedhof ist. Lenzen wurde Jahre später als einer der ersten auf diesem Friedhof begraben. Den Kalbskopfschädel legte Braden, als alle schon auf der Beerdigungsfeier waren, heimlich in Lenzens Grab.

Es war einer dieser langen, langweiligen Sommertage, die nicht enden wollen. Die Sonne schien auf die steil aufragenden roten Sandsteinfelsen hinter dem Bahndamm. Die kleinen Quarzpartikel im Sandstein glitzerten. Am Hang über den Felsen war der Ginster schon verblüht, und an den Sträuchern hingen jetzt kleine schwarze rasselnde Schoten, und unter dem Ginster im warmen Sand kringelten sich Blindschleichen und Nattern. Leo Arimond hockte den ganzen Nachmittag auf der Bahnhofsmauer und wartete auf seinen Freund. Jede volle Stunde fuhr ein Zug in den kleinen Bahnhof. Leute stiegen aus und eilten zur Unterführung, sie liefen unter den Gleisen hindurch ins Städtchen. Die Züge fuhren indessen weiter vom Rand der Eifel zu den Maaren und Vulkankratern. Sie folgten den Flüssen, kamen durch Jünkerath, Gerolstein, Birresborn und Kyllburg und fuhren, in Trier angekommen, wieder zurück. Erst am späten Nachmittag sprang Martin endlich aus dem letzten Zugabteil. Er hatte eine Baseballkappe auf dem Kopf, seine Hosenbeine waren hochgekrempelt, und er trug blaue spitze Schuhe, die ihm viel zu groß waren und mit denen er auf dem Bahnsteig herumtänzelte. Er erzählte, daß er den Heiligen Rock im Dom gesehen habe und die Sandalen von Jesus. Als er danach durch Trier lief, habe er die blauen Schuhe in einem Geschäft gesehen. Er hatte all sein Geld für diese Schuhe ausgegeben und viel zu groß gekauft, weil er nicht gleich wieder herauswachsen wollte. Er sagte, er würde dennoch darin schweben, er könne in diesen Schuhen immer weiter laufen, bis ans Ende der Welt. Die Freunde balancierten über die Bahnhofsmauer, überquerten hinter dem Stellwerk die Gleise und liefen weiter am Fluß entlang, durch hohes Gras, bis zur Fledermaushöhle über dem Urfttal. Über dem Tal kreisten Bussarde. Martin, der viel von Tieren wußte, sagte, daß die Bussarde Hochzeit hielten und ausflögen, um in der Luft miteinander zu tanzen. Als es dämmerte, entschlossen sie sich, zur Urft hinunterzuklettern und zum Wehr zu laufen, um dort den Fluß zu überqueren. Algenbewachsene Steine ragten aus der Furt, mit etwas Geschick gelangte man von Stein zu Stein ans andere Ufer. Martin zog seine Schuhe aus und warf sie Leo zu, der bereits am anderen Ufer stand. Aber ein Schuh fiel ins Wasser. Leo konnte ihn nicht fangen. Sie hatten gesehen, wo der Schuh in den Fluß gefallen war, aber er war spurlos verschwunden. Soviel sie auch suchten, sie fanden den Schuh nicht wieder. Sie liefen am Ufer entlang bis zur Bahnbrücke und wieder zum Wehr zurück. Es war längst dunkel geworden, und sie suchten immer noch.

«Irgendwann finden wir ihn bestimmt wieder», sagte Leo, um Martin zu trösten. Der tappte traurig neben ihm nur mit einem Schuh am Fuß durch die Dunkelheit.

Seit Tagen war es sehr heiß, keinen Tropfen hatte es geregnet. Alles war strohtrocken und knisterte. Ein paar Männer standen abends bei Arimond an der Theke. Hin und wieder kamen Bauern dazu, die ihr Getreide zu den Silos am Bahnhof gefahren hatten und warteten, daß sie abladen könnten. Sie waren müde, an ihren Kleidern hing Spelz vom gedroschenen Korn. Sie waren von morgens bis spät in der Nacht auf den Feldern gewesen, sie kamen jetzt in die Gaststätte, um in Ruhe ein Bier zu trinken. Die Männer an der Theke erzählten von Amelie. Schnichels schrie, daß man sich das nicht mehr gefallen lasse, sagte, daß man endlich etwas unternehmen müsse, die Polizei kümmere sich um nichts. Ein Mann hatte vor einigen Monaten für Amelie gearbeitet, brachte Geschäftsbriefe zur Post, stapelte Waren im Lagerraum und räumte den Schuppen auf, in dem Gerümpel und mottenzerfressener Stoff lagen aus der Zeit, in der ihr Vater noch als Schneider durch die Eifeldörfer reiste. Den ganzen Tag war der Mann damit beschäftigt gewesen, den Schuppen aufzuräumen. Als eine Freundin Amelie am Abend besuchte, rannte er gerade aus dem Haus. Amelie hatte in ihrem Zimmer auf dem Boden gelegen und hysterisch geschrien. Der Mann war seit jenem Abend spurlos verschwunden gewesen. Und nun wollte Schnichels ihn am Bahnhof gesehen haben. Da, wo sie immer rumhingen, Drogen verkauften, ihre Sozialhilfe in Spielhalle und Bahnhofskneipe verpraßten, in die sich kein anständiger Mensch abends mehr hineinwagte. Sie redeten sich immer mehr in Rage. Arimond konnte die betrunkenen Männer nicht zurückhalten. Selbst Braden mußte mitkommen. Schnichels stieß ihn nach draußen, zwang ihn, ins Auto einzusteigen. Auf Bradens Tisch lagen sein Fossilienbuch und Steine. Arimond schloß die Gaststättentür ab. Er dachte an seinen Sohn, der mit seinen Freunden noch draußen herumlief. Es war schwülwarm, und man schwitzte, wenn man sich ein bißchen bewegte, es würde noch gewittern. Sie würden herumfahren und irgendwann wieder auftauchen, wenn sie keine Lust mehr hatten, einem Phantom nachzujagen. Aber dann würden sie vor verschlossener Tür stehen. Arimond spülte Gläser, knipste schließlich das Licht überall aus und ging nach oben zu seiner bereits schlafenden Frau.

Seit drei Wochen war Strohwang tot. Man hatte ihn auf dem Stück Land gefunden, das vor dem Krieg dem Kloster gehört hatte. Strohwangs Vater hatte auf Gut Dalbenden als Knecht gearbeitet, und Strohwang hatte das Land von seinem Vater geerbt. Dalbenden war ein hektargroßes sumpfiges nutzloses Gelände. Strohwang war in dem Loch, in dem er gerade gegraben hatte, vor Erschöpfung gestorben. Bis zu seiner Pensionierung hatte er als Drehmühlenarbeiter im Zementwerk gearbeitet. Nachdem er von einem Schatz in der Dorfchronik von Sötenich gelesen hatte, fing er an, in dieser Gegend zu graben. Solche Schatzgeschichten gab es von vielen Orten, aber gefunden hatte man nur ein paar römische Münzen aus der Zeit Hadrians und Amphoren, wie man sie in römischen Landgütern für die Aufbewahrung von Wein, Oliven und Getreide benutzte. An der Theke hatte Braden Arimond erzählt, daß Strohwang früher wie ein Geist im Staub und Krach des Drehmühlengebäudes herumgelaufen sei und auf einer Etage über der rotierenden Mühle in einem großen Pappkarton während der Nachtschicht geschlafen habe. Er habe immer von seinem Schatz phantasiert, aber außer leeren Militärkisten nie etwas gefunden. Niemand hatte Strohwangs Geschichte von dem Schatz ernstgenommen, bis Höffner einige Wochen nach Strohwangs Tod das Land von dessen Schwester kaufte. Da er eine Menge Geld dafür gezahlt hatte, spekulierte man nun an der Theke über dessen Motive. Das Land lag sehr abgelegen, war Sumpfgelände, das bei Hochwasser von der Urft überschwemmt wurde, war nicht zu gebrauchen und wertlos. Das alles wäre bald wieder in Vergessenheit geraten, wenn Höffner das Land nicht gekauft hätte. Höffner pflegte keine schlechten Geschäfte zu machen. Kurz vor Kriegsende war Höffner mit einem Handwagen, auf dem Stoffballen weißer Fallschirmseide lagen, von Dalbenden gekommen. Er trug eine Wehrmachtsuniform, von der die Abzeichen abgetrennt waren. Als dieser kleine glatzköpfige Mann damals, kurz vor Kriegsende, die Gaststätte betrat, hatte Kathi sich schon damit abgefunden, auf alle Zeit ohne Ehemann hinter der Theke zu stehen. Höffner heiratete Kathi und war nach wenigen Jahren Bürgermeister. Seine Herkunft blieb immer ein Geheimnis, selbst Delamot wußte nicht, wo Höffner herkam und was er während der Kriegsjahre gemacht hatte. Arimond hätte gern mehr über den Gast erfahren, der eines Morgens tot auf den Stufen des Kriegerdenkmals gelegen hatte. Er sollte Höffner von früher gekannt haben. Aber über gewisse Dinge erzählte man nichts. Man erging sich nur in Andeutungen, die verstummten, sobald sich Höffner näherte.

Kurz nachdem Höffner Strohwangs Land gekauft hatte, sah man ihn mit einem Metalldetektor durch die Wiesen laufen, er hatte das Areal in kleine Parzellen aufgeteilt, an manchen Stellen waren schon Löcher, die Rosarius gegraben hatte. Rosarius war ein einfältiger Kerl, der früher schon Hilfsarbeiten für Höffner gemacht hatte. Rosarius fällte Bäume und rodete Hecken, machte das Fundament für den Zaun, der schließlich das ganze Areal umspannte. Der Zaun war aus starrem Drahtgeflecht, zwei Meter hoch und hatte Höffner ein Vermögen gekostet. Nachdem nachts Jungen über den Zaun geklettert waren und sich umgesehen hatten, setzte Höffner den Zaun unter Strom und schaffte einen Wachhund an. Rosarius übernachtete seither in dem Bauwagen auf dem Gelände. Er kam nachmittags in dreckigen Arbeitsklamotten in die Gaststätte, soff Bier, und Arimond versuchte, ihn währenddessen auszuhorchen. Rosarius war zu blöd, um zu wissen, um was es Höffner ging, er wußte nichts, er war nur zum Graben zu gebrauchen. Sie hatten mittlerweile einen kleinen Bagger angeschafft und pflügten das ganze Land um. Im Winter ruhten die Arbeiten einige Monate, und im Frühjahr trat die Urft wie immer über die Ufer, überschwemmte Auwiesen und die Gegend bei Dalbenden. Höffner saß während dieser Zeit hin und wieder bei Arimonds an der Theke, paffte seine Zigarren, die Arimond eigens für ihn bestellte. Wenn jemand nach dem Schatz fragte, stellte er sich schwerhörig. Ende März fingen sie im Sumpfgelände an zu graben. Und eines Nachmittags kam Rosarius in die Gaststätte, er sah aus, als wäre er durch Matsch gerobbt, stammelte etwas von einem Flugzeugwrack, die Gerippe der Piloten hätten noch im Cockpit gesessen. Höffner hatte Rosarius angeschrien und weggejagt.

«Jetzt, wo wir den Schatz gefunden haben, will er ihn nur für sich haben», sagte er. Arimond horchte ihn aus, er war neugierig, was dahintersteckte. Er fuhr mit Lejeune und Braden los. Hinter Sötenich bogen sie auf einen holprigen Feldweg. Die Scheinwerfer leuchteten auf ein großes gelbes Schild: «Betreten verboten, Privatgrundstück». Sie stiegen aus und liefen durch einen Buchenwald, kamen zum Zaun und sahen eine von Scheinwerfern erhellte Mondlandschaft. Höffner hatte den ganzen Sumpf trockengelegt und jeden Fleck umgegraben. Aus einem Loch ragte der Flügel eines Transportflugzeugs.

«Davon sind damals einige hier abgeschossen worden», flüsterte Lejeune. Sie blieben am Zaun stehen. In einer

Eisentonne brannte ein Feuer. Der Hund kläffte und sprang in seinem Zwinger herum. Höffner bemerkte sie nicht, er war zu beschäftigt, er rannte zum Bauwagen, lief wieder zum Wrack, verschwand im Inneren. Sie hörten ihn hämmern und Kisten aufbrechen. Wird wohl was zu verbergen haben, dachte Arimond. Dann schleppte Höffner Uniformen und Aktenordner zur Tonne und verbrannte die Beweise seiner dunklen Vergangenheit.

Am Totensonntag war es so kalt, daß die Spucke in den Trompeten, Hörnern und Posaunen gefror. Die Musikkapelle spielte, wie immer an diesem Feiertag, vor der Frühmesse am Kriegerdenkmal. Arimond trug ein Tablett mit Schnaps und Gläsern zu den fröstelnden Musikern. Grefrath, Thiesen, Jenniges, Monschau, Lejeune, Müller, Rynmus, Wilhelms, Claess, Schmidts, Burggraf, Koch und Braden standen in einem Halbkreis vor dem Kriegerdenkmal. Sie spielten *Oh Haupt voll Blut und Wunden* und danach das *Ave-Maria.* Sie machten eine Pause und tranken den Wacholder, der ihnen von Arimond gereicht wurde. Es grieselte und begann zu schneien. Rosarius trieb sich schon herum. Er hatte den Musikern zugehört, aber als Arimond aus der Gaststätte gekommen war, rannte er die Bahnhofsstraße hinunter, verschwand schließlich hinter der Raiffeisenbank, wo ein Steg über die Urft zur alten Hauswirtschaftsschule und zum Marktplatz führte. Der Schnaps wärmte die Musiker bis in die Zehen. Arimond ging ins Gasthaus zurück. Nach der Messe schloß er die Tür auf, und die Gaststätte füllte sich. Um die Mittagszeit leerte sich der Schankraum wieder, ein paar Musiker standen noch an der Theke, und Malchold saß an einem Tisch. Er war betrunken und redete wieder von den Schatten.

«Sie lösen sich aus dem Fels und kommen», sagte er. Malchold arbeitete im Steinbruch, bei einer Sprengung hatte er einen Unfall gehabt. Man zog ihn unter Geröll und Felsbrocken hervor. Es war ein Wunder, daß er überlebt hatte. Seither war er ein seltsamer Kautz. «Hörst du, Claess? Sie kommen, sie kommen!» Claess war schon tot, aber Malchold redete immer mit seinem verstorbenen Freund, wenn er betrunken war. Arimond ging in den Keller, um ein Bierfaß anzustechen. Als er im Keller war, schrie Grefrath: «Malchold, hör auf und halt's Maul.» Als Arimond nach oben kam, trank Grefrath sein Glas leer, legte Geld auf die Theke, nahm die Posaune und wankte nach draußen. Malchold redete weiter von seinen Schatten. Die Männer am Tresen wendeten ihm den Rücken zu. Sie waren alle betrunken. Arimond sah ihren Mienen an, daß Malchold sie störte, daß sie nichts von den Schatten hören wollten. Er ging zu Malchold, setzte sich zu ihm und bat ihn, still zu sein. Aber Malchold redete weiter von den Gefangenen, die man kurz vor Kriegsende im Steinbruch erschossen hatte und deren Schatten in der Kalksteinfelswand verschwunden waren.

Leo und Martin fanden den Bussard an der Umgehungsstraße, ungefähr in Höhe des stillgelegten Kalksteinbruchs. Es war Mitte November, der Bussard hatte weißes Untergefieder, es war einer von denen, die in der Eifel überwintern. Autos brausten Richtung Schnellstraße, manche hupten, als sie die zwei Gestalten am Straßenrand sahen. Der Bussard lag im Feld hinter dem Straßengraben. Martin lief zu ihm, während Leo am Straßenrand stehenblieb. Leo trat gegen eine Plastiktüte, die jemand aus dem Auto geworfen hatte. In der Tüte waren Kleider und alte Schuhe und Musikkassetten. Der Bussard lag auf dem Rücken, sein Gefieder war ausgebreitet. Sobald Martins Hand sich ihm näherte, öffnete er den Schnabel, fauchte und stellte das Nackengefieder auf. Martin sagte, daß die Bussarde Aas von der Straße holten, beim Auffliegen stießen manche mit den Fängen gegen das Dach eines vorbeifahrenden Autos. Er legte sein Taschentuch über den Kopf des Bussards, als dieser nichts mehr sehen konnte, jetzt ließ er sich anfassen. Martin stellte ihn hin, aber er kippte immer wieder um. «Was machen wir mit ihm?» fragte Leo, ihm war kalt, und er wollte nach Hause.

«Wenn wir ihn hierlassen, wird er krepieren, oder ein Fuchs frißt ihn», antwortete Martin. Er zog seinen Parka aus und wickelte den Bussard ein. Sie liefen an der Straße entlang nach Hause. Sie brachten ihn zum Schuppen hinter der Gaststätte, fütterten ihn mit Hähnchenfleisch, anschließend entfernten sie die Parasiten aus seinen Nasenlöchern. Am nächsten Tag bauten sie einen Verschlag. Der Verschlag stand im Garten neben dem Pissoiranbau. Martin kam morgens, bevor er zur Schule fuhr, vorbei, um den Bussard zu füttern. Nach einigen Tagen wußte der Bussard, daß er nichts zu befürchten hatte, daß sie ihm nur Fressen brachten. Seine Beine waren nicht gebrochen, aber er konnte trotzdem nicht richtig stehen. Den ganzen Winter über fütterten sie den Vogel. Manchmal hörte Leo ihn nachts im Käfig schreien. Der Bussard war zu Kräften gekommen, aber er humpelte noch. Sie konnten ihn nicht sein ganzes Leben lang füttern. Martin hatte seit kurzem eine Freundin und wollte nicht jeden Morgen kommen. Ende Februar hatten sie den Entschluß gefaßt, ihn loszuwerden. Sie brachten ihn zum Kalksteinbruch, um ihn fliegen zu lassen. Es hatte nochmals geschneit. Beim Kalksteinbruch kletterten sie unter den Stacheldrahtsperren hindurch und näherten sich vorsichtig dem Bruchrand. Der Kalksteinbruch war so groß, daß ein ganzes Dorf darin verschwunden wäre. Am Rand wehte ein böiger Wind. Der Bussard hatte während der Wintermonate zehn Hähnchen gefressen, er hatte keine Parasiten mehr.

«Vielleicht funktionieren seine Beine wieder, wenn er fliegt.» Leo streichelte über sein weißes Bauchgefieder. Der Bussard breitete die Flügel aus, blickte mit leuchtendgelben Augen umher. Martin ging an den Bruchrand, streckte den Arm aus und ließ den Bussard los, er taumelte in den Bruch hinunter, verschwand hinter einem Felsvorsprung.

«Er liegt jetzt im Dreck», sagte Martin. Aber dann hörten sie sein langes helles Schreien, er glitt an den Kalksteinfelsen entlang und schwebte dicht an ihnen vorbei. Als er über dem Wald war, griffen ihn Krähen an. Er schraubte sich höher und höher, bis er nur noch ein winziger Punkt für die Freunde war.

Sie hatten noch vier Wochen Zeit zum Proben. Herr Salentin spielte in dem Theaterstück den Liebhaber einer jungen verheirateten Frau. Es war eines jener Boulevardstücke, die von Betrug und Verwechslung handeln, bei denen alles problemlos abläuft. Aber in Wirklichkeit bedrückten Salentin die Heimlichkeiten gegenüber seiner Frau, er hatte den Entschluß gefaßt, Jutta zu sagen, daß sie ihr Verhältnis beenden müßten. Als sie sich zum ersten Mal nähergekommen waren, hatte Salentins Frau noch im Krankenhaus gelegen, er hatte Jutta abends nach der Probe nach Hause gefahren. Es schneite, er fuhr langsam, viel langsamer, als es nötig gewesen wäre. Jutta redete von ihrem Mann, davon, daß er immer unterwegs sei und daß sie sich vernachlässigt fühle. Sie hatten vor kurzem ein Haus oben in der Neubausiedlung gekauft, kamen aus Duisburg und waren nach Kall gezogen, weil ihr Mann eine Geschäftsführerstelle in einem kleinen Betrieb im Industriegebiet angetreten hatte. Herr Salentin war Juttas Mann nur einmal begegnet, als der Jutta nach der Probe in der Gaststätte abholte. Er saß an der Theke und unterhielt sich mit dem Wirt. Er war klein und dicklich, hatte bereits lichtes Haar, trug einen dunklen Anzug, er war Herrn Salentin sympathisch, aber er paßte, seiner Meinung nach, nicht zu Jutta. Sie war eine junge lebenslustige Frau. Der Schnee glitzerte, und es war sehr kalt an diesem Abend. Er sah Juttas Atem, während sie redete, er mochte ihre Stimme, und er hatte sich schon oft vorgestellt, wie es wäre, mit ihr zu schlafen. Als sie hinter der Turnhalle der Schule waren, bat sie ihn anzuhalten. Sie stieg aus, stand am Auto und rauchte. Als sie wieder ins Auto stieg, war Schnee in ihrem Haar. Sie lehnte ihren Kopf an seine Schulter, und dann küßten sie sich. Das Auto war bald zugeschneit, ein kleiner dunkler Raum, in dem sie sich liebten. Jutta war sehr leidenschaftlich. Sie sagte, daß sie jede Nacht von ihm träume. Danach trafen sie sich regelmäßig. Als seine Frau aus dem Krankenhaus kam, wurde es schwieriger, sich zu treffen. Herr Salentin fuhr nach der Probe zum Parkplatz des Möbellagers im Industriegebiet. Er saß im Auto und überlegte, wie er es Jutta sagen sollte. Jutta parkte ihr Auto auf der anderen Straßenseite. Sie stieg zu ihm ins Auto, küßte ihn und sagte, sie habe einen schrecklichen Tag gehabt. Sie schimpfte über ihren Mann. Salentin versuchte ihn zu verteidigen, sagte, er sei auch nicht anders, zudem würde er seine Frau betrügen.

«Du machst das mit mir», sagte Jutta. Sie hatte getrunken. Sie fuhren durch das Industriegebiet, an dem Drive-in-Restaurant vorbei, in dem seine Tochter Anna für eine Übergangszeit als Bedienung arbeitete. Jutta legte ihren Kopf an seine Schulter und sagte, daß sie diese Heimlichkeiten hasse.

«Wir könnten ein Wochenende wegfahren, in einem richtigen Bett schlafen. Wir würden morgens zusammen aufwachen. Ich würde meinem Mann sagen, daß ich eine Jugendfreundin besuche. Ich fahre jedes Jahr zu dieser Freundin. Sie wohnt in Lüneburg, wir könnten wirklich dahin fahren, ich würde sie ein paar Stunden besuchen, und die restliche Zeit hätten wir für uns.» Sie fuhren über die Landstraße. In der Nähe des Kalksteinbruchs liefen Jungen am Straßenrand entlang. Hinter dem Kalksteinbruch fuhren sie einen Feldweg hinauf bis zu den Viehweiden. Sie schliefen miteinander und deckten sich danach mit ihren Kleidern und einer Decke zu. Regen prasselte auf das Dach, und Salentin nickte ein, während Jutta rauchte. Dann wackelte der Wagen plötzlich. Da die Scheiben beschlagen waren, konnten sie nicht nach draußen sehen.

«Es ist mein Mann, er ist uns nachgefahren, ich hab dir gesagt, daß er unberechenbar ist», flüsterte Jutta. Sie zog sich an. Herr Salentin dachte an die zwei Gestalten an der Straße. Jutta steckte ihre Brüste in den Büstenhalter und zog die Träger über die Schulter.

«Dir scheint das egal zu sein.»

«Willst du ihm sagen, daß wir uns zufällig hier begegnet sind?» flüsterte Herr Salentin.

«Ach, hör auf mit deinen Witzen.» Das Auto bewegte sich nicht mehr. Sie hörten nur das Rauschen des Waldes. Salentin wischte an der Scheibe und sah Kühe beim Auto stehen. Sie grasten friedlich. Der Weidezaun war heruntergetreten, einige der Pflöcke hatten die Kühe hinter sich her bis auf den Weg geschleift.

«Sie werden manchmal verrückt, vielleicht liegt es am Gras, das sie gefressen haben, oder am Wetter», sagte er. Er nahm Jutta in den Arm und beruhigte sie. Dann stieg er aus. Die Kühe rannten auf die Weide zurück. Eine Kuh hatte sich an den Läufen verletzt und humpelte. Während er Jutta zu ihrem Auto fuhr, überlegte er, ob er den Bauern verständigen sollte. Er wird es schon sehen, wenn er die Kühe morgen in den Stall zum Melken treibt, dachte er. Sie sprachen während der Fahrt nicht miteinander, es war eine bedrückende Stille und das Ende ihrer Beziehung. Im Dezember führten sie das Theaterstück zum ersten Mal auf, sie spielten in den Kursälen Münstereifel und Gemünd und in noch ein paar kleinen Ortschaften der Region und hatten großen Erfolg damit.

Frau Salentin war vor ein paar Tagen aus dem Krankenhaus entlassen worden, es ging ihr noch nicht wieder richtig gut. Sie lag die meiste Zeit im Bett, und Anna, ihre älteste Tochter, machte die Hausarbeit. Frau Salentin stand erst nachmittags auf, kurz bevor ihr Mann nach Hause kam. Sie wurde schnell müde, und jede Kleinigkeit regte sie auf. Gerade als Frau Salentin aufgestanden war, sah sie ihre Nichte Doro mit dem Collie am Haus vorbeilaufen. Sie konnte Doro nicht mehr leiden, seit das Mädchen schmutzige Geschichten erzählte, die ihren Bruder und die ganze Familie in Verruf brachten. Einmal mußte ihr Bruder deswegen zur Polizei, eine Frau vom Sozialamt war gekommen, um sein Haus zu inspizieren, ein schönes altes Bauernhaus, das Frau Salentins Elternhaus gewesen war und das Werner, ihr Bruder, mühsam umgebaut und renoviert hatte. Und kurz danach war ihre Schwägerin plötzlich abgehauen, hatte ihre Familie sang- und klanglos verlassen, war wahrscheinlich mit einem anderen Mann weggelaufen. Doro war damals vierzehn Jahre alt, sie besuchte wie Martin das städtische Gymnasium in Schleiden. Und dann begann Doro eigentümlich zu werden, sie konnte gar nicht mehr ruhig sein und hatte immer eine Handtasche ihrer Mutter bei sich, die mit alten Zeitungen und Dingen, die sie unterwegs auflas, vollgestopft war. Sie sollte in ein Heim kommen, aber das wollte sie wegen ihres Hundes nicht. Er ist mein drittes Auge, das über die Wolken sieht, und mein drittes Ohr, das den Winden lauscht, sagte sie immer. Doro war schon ziemlich seltsam geworden. Sie wäre besser mit ihrer Mutter zusammen weggelaufen, statt hierzubleiben und zu erzählen, daß Werner sich an ihr vergreife und sie Angst habe, nach Hause zu gehen, dachte Frau Salentin. Sie glaubte Doro kein Wort, und mittlerweile dachten fast alle so. Sie hatten schon die Kirche abgeschlossen, weil Doro im Beichtstuhl ihre Notdurft verrichtet hatte. Sie war eine richtige Streunerin geworden. Frau Salentin wollte nicht, daß sie in ihr Haus kam. Sie hatte ihrem Mann das mehrmals gesagt, und Martin wußte es auch. Aber im Krankenhaus hatte der Besuch ihr erzählt, daß Doro bei ihnen geschlafen habe.

Den ganzen Nachmittag trieb sich Doro bei den Pingen im alten Bergwerksgebiet herum, half dem Schäfer, der im Frühjahr seine Herde auf den Magerwiesen weiden ließ und von dem sie auch ihren Collie geschenkt bekommen hatte. Ein schöner, schwarzer Border Collie mit ein paar weißen Flekken, der aber nicht zum Schafhüten zu gebrauchen war, die Schafe hatten keine Angst vor ihm. Erst abends, als es dunkel wurde, kam Doro von den Pingen zurück. Sie saßen beim Abendessen, als Doro am Haus vorbeilief. Ihr Hund kläffte, und sie blieb einen Moment an der Tür stehen, und dann klingelte es. Frau Salentin hatte sich gerade an den Tisch gesetzt. Sie trug einen Hausmantel, ihre Haare waren fettig, sie hatte Falten um die Lippen, was sie verbittert und alt aussehen ließ. Anna hatte das Abendessen gemacht. Sie hörten den Collie bellen. Als es wieder klingelte, sagte Frau Salentin: «Was will die wieder, wenn sie noch einmal klingelt, sagt ihr, daß Martin nicht da ist. Wenn sie im Haus ist, wird man sie nicht mehr los.»

Martin wußte nicht, was er machen sollte. Silvie rutschte unruhig auf ihrem Stuhl herum, sie wollte, daß Doro hereinkam. Silvies Mund war mit Eigelb verschmiert. Sie schlürfte an ihrem Orangensaft, Frau Salentin wischte ihr danach den Mund ab und schimpfte:

«Ich will nicht, daß sie ins Haus kommt.»

«Doro hat Angst», sagte Martin.

«Vor was soll sie denn Angst haben, sie macht mit ihrem Gerede meinen Bruder schlecht.»

Früher hatte Frau Salentin Doro gut leiden können, Doro war fast jeden Tag zu Martin gekommen. Frau Salentin sagte immer, daß sie ein hübsches, wohlerzogenes Mädchen sei. Wenn Anna nicht da war, paßte Doro auf Silvie auf.

«Doro ist genauso verrückt wie ihre Mutter, sie hat unsere Familie unmöglich gemacht. Ich will nicht, daß sie in der Waschküche schläft.»

Martin ging in den Keller, um die Waschküche abzuschließen. Herr Salentin legte die Serviette neben den Teller, seine Hand zitterte, und er ballte sie zur Faust und zerknüllte die Serviette, aber er sagte nichts mehr. Als Frau Salentin vom Tisch aufstand, wurde ihr schwindlig. Sie ging, von ihrem Mann gestützt, ins Schlafzimmer. Oben redeten sie wieder über Doro.

«Ich will nicht, daß sie herkommt, hast du jetzt auch noch was mit der?» Draußen lief jemand vorbei, vielleicht Doro, vielleicht jemand, der spät von der Arbeit nach Hause kam, jemand, der einen Freund besuchte oder zur Gaststätte Arimond ging.

«Du bist in der Nacht aufgestanden und runtergegangen», schrie Frau Salentin.

«Was redest du für einen Blödsinn.»

Aber es stimmte, Herr Salentin war in die Waschküche gegangen, Doro hatte unter der schmutzigen Wäsche gelegen.

Herr Salentin hatte sie nach oben geholt. Doro hatte auf der Wohnzimmercouch geschlafen, wie in der ganzen Zeit, während Frau Salentin im Krankenhaus gewesen war.

«Auf dem Sommerfest, bevor Helga weggelaufen ist», sagte Herr Salentin.

«Jetzt fang nicht wieder damit an.»

«Wenn ich dich nur einmal so behandelt hätte.»

«Vielleicht hatte sie es ja verdient.»

Herr Salentin schwieg, es hatte keinen Sinn, mit seiner Frau über ihren Bruder und Doro zu reden. Er hörte nicht zu, als sie darüber klagte, wie krank sie sei und daß niemand Rücksicht auf sie nehme. Er machte sich Sorgen um Doro. Sie trieb sich draußen herum, es war kurz vor den Eisheiligen, in den Nachrichten hatten sie gesagt, daß es frieren würde. Herr Salentin dachte, daß Doro vielleicht am Busbahnhof sein würde. Die Gemeinde hatte ein Stück des fast zweitausend Jahre alten Römerkanals am Hang unter den Goldregenbäumen aufstellen lassen. Die Römer hatten mit dem Kanal das Wasser aus den Eifelquellen nach Köln zu ihren Thermen geleitet. Doro hockte oft in dem Kanalstück, und der Collie lag auf ihren Beinen. Er hatte sie zuerst nicht bemerkt. Aber sie hatte gesehen, wie er Jutta nach der Theaterprobe dort geküßt hatte. Er hatte befürchtet, daß sie das herumerzählen würde. Aber Doro hatte niemandem etwas gesagt. Es war irgendwie anders herausgekommen.

Herr Salentin lag neben seiner Frau und wartete, bis sie endlich eingeschlafen war, dann ging er in den Keller und schloß die Waschküche wieder auf. Es waren nur fünfhundert Meter zum Haus seines Schwagers. Herr Salentin hatte einmal versucht, mit seinem Schwager über Doro zu sprechen, aber es hatte keinen Zweck, sie hatten gleich Streit bekommen. Das Haus seines Schwagers lag auf der anderen Seite der Talmulde. Er war lange nicht mehr in diesem Haus gewesen, und er hatte auch nicht vor, es noch einmal zu betreten. Zwischen alten Obstbäumen führte ein Pfad den Hang hinab, unter den nassen, mit Flechten bewachsenen Zweigen der alten Apfelbäume hindurch. Sie wird bestimmt kommen, dachte Herr Salentin. Er ging wieder zu Bett. Die Hand seiner Frau lag auf seinem Kopfkissen. Martin und Anna saßen noch vor dem Fernseher. Er überlegte, ob er zu seinen Kindern gehen sollte, um mit ihnen zu reden. Sie waren jetzt alt genug, um gewisse Sachen zu verstehen.

Herr Salentin schlief, als Martin in die Waschküche hinunterging. Doro lag unter der schmutzigen Wäsche, die sie immer neben die Waschmaschine warfen. Und in der Zeit, in der seine Frau im Krankenhaus gewesen war, hatten sie nur das Nötigste gewaschen. Sie war ganz mit der Schmutzwäsche zugedeckt. Martin rüttelte sie wach. Er war böse auf Doro, ohne genau sagen zu können, warum.

«Du kannst nicht hier schlafen, du mußt gehen», sagte er. Ihr Hund knurrte. Doro nahm den Hund und schlang die Arme um seinen Hals, und sie weinte, ihre Haare waren vom Regen naß.

«Ich bring dich nach Haus», sagte Martin. Er stand an der Tür und wartete ungeduldig. Er hatte die Parka-Kapuze hochgeschlagen. Sie liefen über die Wiese bis zum Zaun. Martin löste den Krampen vom Gatter, das Gatter ratschte über die nasse Erde. Sie liefen zum Schlehbach hinunter, an den Fischteichen vorbei. Einmal blieb Doro stehen, der Collie kläffte und sprang um sie herum, und man sah die weißen Flecken seines Fells. Martin stieß Doro weg, und sie lief den Hang zu Werners Haus hinauf und verschwand im Dunkel, dann tauchte Martin beim Schlehbach auf, er sprang über den kleinen Bach und lief den Hang hoch bis zum Gartentor, wo Anna auf ihren Bruder wartete.

Lejeune war bereits seit sieben Uhr morgens im Schuhgeschäft. Jetzt war es fast neun, und Anna, seine Angestellte, war immer noch nicht da. Lejeune hatte Herrn Salentin den Gefallen getan und dessen Tochter angestellt, obwohl er ganz gut allein zurechtkam. Grefrath, Braden und Delamot warteten schon bei Arimond. Jeden Donnerstag pflegten sie sich zum Frühschoppen zu treffen. Anna verspätete sich sonst nicht. Sie hat bestimmt endlich einen Freund, dachte Lejeune, und er wünschte sich, wieder jung zu sein, für einen Moment war er in Gedanken in seiner Jugend, er sah nach draußen in wirbelnde Schneeflocken. Jetzt im Februar fiel noch einmal Schnee, den ganzen Winter über hatten sie darauf gewartet. Er erinnerte sich an seinen Traum, ein großer Vogel mit einer Menschenfratze, Lejeune hatte ihn im Traum gerochen, und er war mit diesem Geruch aufgewacht. Man kann doch nicht im Traum riechen, dachte er. Die Straße vor dem Geschäft war wegen Kanalarbeiten aufgerissen, vom Bürgersteig zur Ladentreppe führten Bohlenbretter. Könnte den Laden auch schließen, dachte Lejeune, es kommt doch kein Kunde, das Geschäft ging schon seit Monaten schlecht, seit sie an der Kanalisation arbeiteten. Er hatte nicht einmal genug in der Kasse gehabt, um die Frühjahrskollektion zu bestellen, in der Raiffeisenbank hatten sie ihn abgefertigt, als würde er um Almosen bitten. Wenn's nach mir ginge, würdest du das Geld bekommen, aber wir haben unsere Vorschriften, hatte Wiegand gesagt. Lejeune hatte ihn angeschrien, er solle sich sein Geld sonstwohin stecken.

Als Anna kam, war es fast zehn Uhr, sie zog ihre Mütze ab, schüttelte ihr schönes Haar und lief um die Ladentheke herum in einen kleinen Abstellraum, wo sie in ihren Kittel schlüpfte.

«Arbeitsbeginn ist um acht Uhr, Punkt acht», rief Lejeune. Sie sagte, daß ihre Mutter sich am Morgen nicht gut gefühlt habe und sie bei ihr habe bleiben müssen, bis der Arzt gekommen sei.

«Erzähl nichts, mach dich an die Arbeit», sagte er, bereute aber sogleich, so schroff zu ihr gewesen zu sein. Anna war ein gutes Mädchen. Sie arbeitete seit letztem Sommer bei ihm, und er konnte sich bis jetzt nicht über sie beklagen. Letzten Sommer dachte Lejeune noch, er würde aus seiner Misere herauskommen. Lejeune setzte seinen Hut auf und verließ den Laden. Er hatte wieder den Geruch in der Nase, denselben, den er im Traum verspürt hatte. Vielleicht liegt es an den Kanalisationsarbeiten, dachte er. In der Kälte machten sich die Gläschen bemerkbar, die er schon getrunken hatte, er mußte auf die glitschigen Bohlenbretter achtgeben. Vorbeifahrende Autos spritzten Schneematsch auf den Bürgersteig. Über die Bahngleise ratterte ein Containerzug. Lejeune überquerte die Straße, ging an Delamots Friseursalon vorbei, an der Boutique *Le Fleur*, wo neumodische, grellfarbene Blusen und Strohhüte im Schaufenster ausgestellt waren. Er warf einen Blick zu den Eifel-Lichtspielen hinüber, konnte aber das Programm nicht erkennen, manchmal schlich er abends in die schmuddeligen Vorstellungen. Ein Linienbus fuhr in den Kreisverkehr vor Danilos Eiscafé, der noch in Palermo war und erst kurz vor Karneval zurückkam und seinen Laden immer pünktlich zum Rosenmontagszug öffnete. Als Lejeune um die Ecke bog, blies ihm kalter Wind ins Gesicht, Schneepartikel schmolzen auf seinen Wangen. Lejeune hatte die Hände in seinen Manteltaschen, holte ein Papierkügelchen hervor. Er rollte seine Notizen immer zu

Kügelchen. «Malchold will seine Fischteiche verkaufen.» Malchold hatte letzte Woche bei Arimond eine Bemerkung gemacht, Lejeune wußte nicht, warum er es notiert hatte. Jetzt war er in der Bahnhofsstraße angelangt, er lief an der Post vorbei, gegenüber war der Uhren- und Schmuckladen von Kolvenbach, dann kam das Gemeindeamt, auf dem Platz stand ein girlandengeschmückter Traktoranhänger, von dem die Braut gerade gravitätisch wie eine Königin herabstieg. Karl Nellesem, in Frack und Zylinder, erwartete sie unten. Die Braut trug ein kurzes Kleid und war dürrbeinig wie ein Flamingo. Jenniges hielt einen Schirm, damit ihr hochtoupiertes Haar nicht naß wurde. Diese Vornehmheit kannte Lejeune gar nicht von seinem Kumpel, gestern abend bei Arimond hatte Jenniges mit keiner Silbe erwähnt, daß er zur Hochzeit von Nellesem eingeladen sei. Nellesem hatte eine Zeitlang an der Tankstelle im Industriegebiet gearbeitet, dann war er plötzlich verschwunden, sie hatten jahrelang nichts mehr von ihm gehört, hatten nicht einmal an ihn gedacht, bis er mit dieser Frau erschien und sich mit ihr bei seinen Tanten einnistete. Lejeune grüßte zu der skurrilen Hochzeitsgesellschaft hinüber, versuchte im Weitergehen bekannte Gesichter zu erspähen, er fühlte sich plötzlich beschwingt und hoffte, mehr über die Hochzeit bei Arimond zu erfahren, er wollte sich mit einigen Gläschen aufwärmen und später mit seinem Bruder sprechen, er brauchte Geld, um Rechnungen zu begleichen. Später, später, wenn die Schwägerin nicht im Haus war, er hatte nur Ärger mit der, die mußte nicht alles wissen. Er kam am Café Kirchmeyer vorbei, dem Blumenladen Calendula, dem Reisebüro, dann überquerte er die Straße, passierte das Schaufenster des Optikers und lief die Stufen zur Gaststätte hinauf. Er war einen kurzen Moment im Dunkel zwischen Tür und Vorhang und hörte Delamot schwadronieren. Arimond hängte immer in den Wintermonaten den Filzvorhang vor die Tür. Lejeune verirrte und verhedderte sich, riß den Vorhang zur Seite. Grefrath, Delamot, Kleenbeen und Braden saßen an der Theke.

«Sauwetter», sagte er und klopfte mit seinem Hut Schnee vom Mantel, stellte dann den Schuh auf die Sprosse eines Thekenhockers und wienerte mit einer Papierserviette über das Leder.

«Es stinkt draußen, als wäre was am Verwesen», sagte er.

«Hab nichts gerochen», sagte Grefrath. Die anderen pflichteten Grefrath bei. Arimond hatte Lejeune einen Wacholder hingestellt. Der kippte ihn hinunter, verzog den Mund und widmete sich dem Bier. Jetzt fühlte er sich besser, er hatte ein warmes Gefühl im Magen und machte es sich auf einem Hocker bequem.

Sie sprachen über Nellesems Hochzeit. Die Schiebetür hinter der Theke stand offen. Arimonds Frau hantierte am Küchenherd. Sie trug ein ärmelloses Etuikleid, in den letzten Jahren hatte sie ein bißchen zugelegt. Besser, als wenn sie dürr wie Bohnenstangen werden, dachte Lejeune. Es war jetzt schon ein paar Jahre her, daß die Arimonds hergezogen waren. Grefrath gab eine Runde aus, dann Kleenbeen, der wie immer auf seinem Platz bei den Sparkästen der Raiffeisenbank saß, unter dem Säbel aus der Kaiserzeit, früher hatten sie mit dem Ding noch lebende Hähne geköpft. Jetzt schlugen sie mit ihm auf Strohattrappen, weil die Bezirksregierung den Brauch verboten hatte. Lejeune sah sich den lächerlichen Zirkus, den sie an den Kirmestagen veranstalteten, nicht mehr an. Arimond goß ihnen nach und ging zum Saal hinüber. Lia rollte dort Papiertischdecken über die zu einer großen Tafel zusammengestellten Tische und schnitt das Papier am Ende der Tafel ab. Als Arimond wieder hinter der Theke stand, gab Lejeune eine Runde aus. Der Vormittag verging wie im Flug. Delamot und Grefrath hatten sich längst verabschiedet. Lejeune fühlte sich wohl, begann von alten Zeiten zu reden und wie gut es ihm damals gegangen war. Ihm fielen Begebenheiten ein, die er lange vergessen hatte. Er redete von Höffner, stellte Vermutungen darüber an, was der in Dalbenden verbrannt hatte.

«Wenn man ihn drauf anspricht, stellt er sich taub, und man sieht nur seine langen Haare aus den Ohren rauswachsen», sagte Arimond. Um die Mittagszeit trudelten die Hochzeitsgäste ein. Nach dem Essen kam Jenniges an die Theke. Im Saal wurde getanzt. Jenniges, der für ein paar Stunden verschwunden war, um etwas zu erledigen, und dann wiedergekommen war, sagte, daß sie alle unter Drogen stünden und ausgeflippt seien. Karl Nellesem verließ wieder den Saal und ging zu seinem Motorrad.

«Weiß nicht, was er damit macht, hat nicht mal einen Führerschein», sagte Jenniges. Als Lejeune die Gaststätte endlich verließ, stand Nellesem an seinem Motorrad. Vom Bahnhof kamen einige Leute die Straße herunter. Es war gegen neunzehn Uhr, und Lejeune hatte nichts von dem getan, was er eigentlich hatte erledigen wollen, und er war ziemlich betrunken. Er sah Nellesem zu, wie der mit einem Lappen über den Tank wischte, unter dem Schnee zeigte sich ein sonderbarer brauner Engel, der wie ein Greif auf seiner Beute hockte. Lejeune war ganz gebannt von diesem Bild, und als Nellesem sich umdrehte, erschrak er vor seinem Grinsen.

«Schönes Bild», sagte Lejeune.

«Hab das Motorrad mit dem Bild drauf gekauft», sagte Nellesem. Lejeune nickte und wankte die Straße hinunter. Die Fratze des Vogels ging ihm nicht aus dem Kopf, und er überlegte, wo er sie gesehen hatte. Hinter dem Reinigungsladen verschwand er im Kinoeingang, kaufte ein Billett, schob den Vorhang aus bunten Plastikstreifen zur Seite und suchte einen Sitzplatz. Er nahm seine Schnapsflasche aus der Innentasche und lehnte sich zurück. Bald darauf war Lejeune eingeschlafen, er hörte wieder das Rauschen der Schwingen, nahm den ekelhaften Geruch des Vogels wahr. Dann war der Film vorbei. Millionen weißer Punkte flimmerten auf der Leinwand. Die Filmspule drehte leer, das Ende des Filmstreifens schlug klackend gegen den Projektor.

Das Brautpaar saß an der Kopfseite der Festtafel, die aus zusammengestellten Tischen bestand, auf denen weiße Papiertischdecken lagen. Das hatte zu Beginn sehr festlich ausgesehen, aber mittlerweile war die Decke übersät mit Flecken von Gläsern und Flaschen, und an manchen Stellen hatte sich das Papier aufgelöst. Nellesem trug einen Zylinder, den er auf dem Trödel gekauft hatte. Er grinste selig, seine Hand umschloß ein Kölschglas. Wenn er sich zurücklehnte und trank, hüpfte sein spitzer Kehlkopf auf und ab. Nellesem hatte lange woanders gelebt, man hatte so gut wie nichts mehr von ihm gehört, selbst seine zwei kleinen Tanten wußten nicht, wo er sich aufgehalten hatte. In ihrer Jugend hatte Karls Mutter ein Verhältnis mit einem Mann gehabt, der einem Trupp angehörte, die nach dem Krieg die Westwallbunker in der Eifel gesprengt hatten. Irgendwann war er bei einer Sprengung selbst in die Luft geflogen. Jedenfalls hatten die kleinen Tanten das erzählt. Ein paar Jahre danach war Karls Mutter gestorben, und Nellesem hatte seitdem bei den Tanten gelebt. Er hatte an der Tankstelle im Industriegebiet Autos gewaschen, galt als tölpelhaft, und seine Gutmütigkeit konnte man leicht ausnutzen. Eines Morgens im April fuhr er mit seinem Moped zum Bahnhof, um Kall zu verlassen, er hatte in dieser Nacht nicht geschlafen, es war das erste Mal, daß Nellesem bewußt geworden war, wie einsam er lebte und daß er weggehen mußte. Als er mit seinem Moped in der Morgendämmerung zum Bahnhof fuhr, lag auf dem Mofaanhänger ein mit Stricken zusammengehaltener Koffer, in dem seine Kleider waren und ein Notizbuch. Sein Moped stellte er hinter dem Bahnhof beim Kiosk ab, dann ging er über stillgelegte Gleise, setzte sich auf eine Bank und sah zu den Sandsteinhängen hinüber, die in der Wüstenlandschaft des Trias entstanden waren. Als die Sonne über dem Heistert aufging, glitzerten die winzigen Quarzpartikel im Sandstein. Keiner der Reisenden nahm Nellesem zur Kenntnis. Er stieg ins letzte Zugabteil, sah vom Ankopplungsfenster seinen Heimatort immer kleiner werden, bis der Zug schließlich im Tunnel kurz vor Scheven verschwand. Niemand außer den kleinen Tanten hatte in den darauffolgenden Jahren an Nellesem gedacht, und diejenigen, die seine Anwesenheit jetzt wahrnahmen, waren überrascht, daß Nellesem mit einer so hübschen Frau zurückgekommen war. Im Saal wurde getanzt. Die zwei alten Damen saßen verlegen an der Hochzeitstafel. Nellesem starrte teilnahmslos in die Runde, nach einer Weile stand er auf, wankte nach draußen, um nach seinem Motorrad zu sehen. An der Theke saßen Braden, Lejeune und Kleenbeen. Jenniges sagte, daß es gar keine richtige Hochzeit sei.

«Wer weiß, was dahintersteckt?» bemerkte Lejeune geheimnisvoll. Lia kam zur Theke und gab Bestellungen auf. Lejeune schickte sich an zu gehen. Draußen fegte Nellesem den Schnee vom Motorrad. Lejeune stand kurz bei ihm, und Nellesem zeigte ihm stolz die Harpyie auf dem Tank, setzte sich auf die Maschine, ließ den Motor aufheulen und brauste über die glatte Straße wieder davon.

Der amerikanische Soldat stieß Krämer gegen die Barakkenwand, nahm seinen Kaugummi aus dem Mund und steckte ihn in den Mund des Hauptmannes: «Chew it», befahl er. Krämer konnte sich nicht wehren. Eine Granate hatte ihm schon damals beide Arme abgerissen. Krämer erwachte und sah durch das Schlafzimmerfenster. Es regnete an diesem Morgen in dem kleinen Eifelstädtchen, in dem Krämer seit zwanzig Jahren, seit seiner Entlassung aus der Gefangenschaft, zurückgezogen lebte. Er ging nachmittags zum Friseur und abends in die Gaststätte. Jeden Morgen um sieben Uhr kam Huberta, seine Haushälterin. Sie wohnte in Anstois, einem anderen Teil des Städtchens. Sie kam mit dem Rad, machte Frühstück, und Krämer hörte sie unten in der Küche. Er saß in Unterhosen auf der Bettkante, als Huberta ins Zimmer kam. Sie hatte ein gebügeltes Hemd mitgebracht und öffnete die Kragenknöpfe. Er beugte den Kopf, damit sie ihm das Hemd überstreifen konnte. Sie steckte ihm die Hemdsärmel auf und half ihm beim Ankleiden.

Während des Frühstücks fuhren die ersten Lastwagen die Straße hinunter. Das Geschirr im Küchenschrank klapperte. Die Lastwagen transportierten dicke Fichtenstämme zum Sägewerk in Kall. Krämer hatte sich mehrmals beim Besitzer des Sägewerks und beim Bürgermeister darüber beschwert. Jedesmal hatte man ihm versprochen, daß die Lastwagen die Stämme im nächsten Herbst nicht mehr an seinem Haus vorbeitransportieren würden. Jede Erschütterung preßte die Prothese in seine Schulter, und sie scheuerte dann an den Stümpfen. Er legte die Prothese deshalb nur noch abends an, wenn er zur Gaststätte ging. Huberta schlürfte ihren Kaffee.

Sie erzählte, was sie am Morgen beim Einkaufen gehört hatte: Ein Junge hatte sich in der Garage seines Vaters erhängt. Am Kinnhaar Hubertas hing ein Kaffeetropfen. Sie wischte ihn mit dem Handrücken ab. Ihr Mann sagt ihr nicht, daß sie die Haare auszupfen soll, es scheint ihm egal zu sein, dachte Krämer. «Niemand weiß, warum er es getan hat. Er war einer der Besten in der Schule», erzählte sie weiter.

«Spanischkäthe hat für heute noch ein Unglück vorausgesagt», fuhr Huberta fort. Wenn Krämer Schmerzen in seinen Armstümpfen hatte, ging auch er zu Spanischkäthe, sie legte dann ihre zittrigen Hände auf seine Stümpfe und murmelte unverständliches Zeug. Bald darauf ließen seine Schmerzen nach. Sie veranstaltete diesen Hokuspokus auf der Bank vor ihrem Haus, und jeder, der vorbeikam, konnte zusehen. Krämer ging nur zu ihr, wenn seine Schmerzen unerträglich waren.

«Die alte Hexe macht sich mal wieder wichtig», sagte er höhnisch. Huberta stand auf und ging an ihm vorbei zur Veranda. Als sie zurückkam, holte sie seine Tasse, blies seinen Kaffee kalt, trat von hinten an ihn heran und führte ihm den Kaffee zum Mund. Er spürte ihren Körper an seinem Rücken und trank gierig. Er vergaß, daß er keine Arme mehr hatte, wendete sich jäh um und schnappte nach Huberta, die einige Schritte zurückmachte, vom Kaffee trank, lachte und prustete. Tropfen berührten sein Gesicht.

«Sie haben wohl keinen Durst mehr», sagte sie kichernd. Sie stellte die Tasse auf die Anrichte, nahm ihre Einkaufstasche vom Stuhl und ging nach draußen. Krämer legte sich auf die Couch beim Fenster. Wenn ich noch Arme hätte, würde sie stehenbleiben und es sich gefallen lassen, dachte er. Jedesmal, wenn er gerade eingenickt war, wurde er vom Dröhnen vorbeifahrender Lastwagen geweckt. Pfützenwasser spritzte gegen die Fensterscheibe. Manchmal schwenkten die Stämme so weit herum, daß er befürchtete, sie würden gegen die Hauswand schlagen. Spanischkäthe schlurfte am Fenster vorbei. Sie trug ausgetretene Pantoffeln, und ihre Handtasche war mit alten Zeitungen vollgestopft. Krämer lag mit verkniffenen Augen auf der Couch unter dem Fenster und blinzelte in den grauen Himmel. Er sah Flugzeuge, amerikanische Flieger, die in Spangdahlem stationiert waren. Wie blitzende Pfeile schossen sie dröhnend über das Städtchen. Krämer wußte, daß sie nur einen weiten Bogen fliegen würden, um dann wieder zurückzukommen. Jeden Tag flogen sie mehrmals über das Städtchen hinweg. Den ganzen Nachmittag belästigten ihn Stubenfliegen, sie flogen nur von seinem Körper auf, wenn ein Laster am Fenster vorbeifuhr. Dann kamen keine Lastwagen mehr vorbei, und er konnte eine Weile schlafen. Als er aufwachte, strampelte er mit den Beinen, damit die Fliegen endlich verschwänden. Es war Zeit, zum Friseur zu gehen. Krämer ging jeden Nachmittag zu Delamot, um sich rasieren zu lassen. Er lief an der Metzgerei vorbei, dem Rewe-Laden, überquerte den Gemeindeplatz, in dessen Mitte vor der Friedhofsmauer das Kriegerdenkmal stand. Auf schwarzen Marmortafeln standen die Namen der im Krieg gefallenen Söhne des Städtchens. Die Flugzeuge waren wieder da, flogen dicht über Delamots Friseurladen. Krämer betrat den Laden, in dem es nach vermoderten Haaren und billigem Parfüm roch. Satorius, ein Bauer von einem Siedlungshof, saß auf dem Frisierstuhl. Delamot schimpfte über die Flugzeuge, die schwarzen Haare von Satorius schwebten zu Boden, Delamot schob sie mit der Schuhspitze zur Seite.

«Ich bin gleich soweit», sagte er. Krämer hatte sich auf einen Stuhl neben der Garderobe gesetzt. Delamot nahm den klobigen Kopf des Bauern in beide Hände, rückte ihn zurecht und ließ seine Schere wieder schnattern.

«Ein Herbstmanöver», stellte Satorius fest.

«Ach was, Herbstmanöver», sagte Delamot. «Sie wollen den Stollenwerk-Mädchen imponieren.» Delamot rasierte den Nacken aus, streifte den Schaum auf der Daumenkuppe ab, klatschte ihn ins Waschbecken. Die Flugzeuge kamen zurück. Krämer konnte sehen, wie sie auf Kall zuschossen.

«Ich bin gleich fertig», sagte Delamot pfeifend.

«Irgendwann kracht's», sagte Satorius, er schüttelte den Kopf, und Delamot sagte, er solle stillhalten. Die Flugzeuge flogen so tief, daß ihre Bäuche die Dachfirste fast streiften. Sie schossen durch die Luft, wälzten sich, stiegen auf und stießen wieder hinab.

«Eine ganze Staffel Jagdflugzeuge», rief Krämer gegen den Lärm an, «eine ganze Staffel.» Während er noch schrie, erschütterte eine Explosion das Städtchen. Delamot erschrak und schnitt Satorius mit dem Rasiermesser. Einen Moment war es gleißend hell. Sie liefen nach draußen. Der Himmel war düster vom Rauch. Von der Straße rief jemand: «Es brennt bei Spanischkäthe.»

Satorius rannte zu seinem Traktor und brüllte: «Wenn ich einen von denen erwische!» Delamot half Krämer auf den Radsitz des Traktors. Als Krämer endlich saß, fuhren sie durch Kall, bogen bei Anstois in einen Wirtschaftsweg ein. Der Traktor rumpelte über einen Kartoffelacker. Satorius schrie wieder: «Wenn ich einen von denen erwische.»

Delamot mußte Krämer festhalten, damit der nicht vom

Sitz rutschte. Er blickte am immer noch blutenden Nacken des Bauern vorbei, sah den Piloten mitten auf dem Acker neben seinem Fallschirm stehen und ihnen mit beiden Händen zuwinken.

Morgens, als Herbert noch tief und fest schlief, war Doro leise aufgestanden und mit ihrem Collie nach draußen gegangen. Sie lief um den Häuserblock und zum nahegelegenen Park und kam mit frischen Brötchen wieder zurück. Collie brauchte den Auslauf. Er hatte sich ebensowenig wie Doro an das Leben in Düsseldorf gewöhnt. Der Hund blieb den ganzen Tag, während sie im Einkaufsmarkt arbeitete, in der kleinen Wohnung. Wenn Herbert in die Bibliothek ging, konnte er ihn nicht mitnehmen. Als Doro zurückkam, weckte sie Herbert. Sie frühstückten zusammen. Danach machte Doro sich für die Arbeit zurecht, gab Herbert, der am Schreibtisch saß und studierte und sich Notizen machte, einen Kuß und lief im Kittel über den Parkplatz zum Einkaufsmarkt. Sie hatte es so eingerichtet, daß sie, wenn es irgend ging, Frühdienst machte. Herbert arbeitete bis zur Mittagszeit in ihrer Wohnung und fuhr mit der Straßenbahn zur Universitätsbibliothek. Er kam erst am Abend mit einem Stapel ausgeliehener Bücher zurück. In einem Buch steckte eine weiße Vogelfeder. Eine weiße Feder, Doro hatte sich darüber gewundert, weil er sonst die Leihzettel aus der Bibliothek als Lesezeichen benutzte. Sie meinte, daß er genug wisse, vielleicht sogar etwas zuviel, er mache sich nur unnötig nervös. Sie aßen zu Abend, danach ging Herbert ins Wohnzimmer, schaltete den Fernseher ein. Als Doro zu ihm kam, saß er im Sessel, hatte die Füße auf einem Hocker und sah ein Fußballspiel. Die Strümpfe hatte er abgestreift. Herbert bekam schnell warme Füße, während Doro immer kalte Füße hatte. Sie setzte sich auf die Sessellehne, kraulte ihm durch die Haare. Sie wußte nicht, was für ein Spiel es war, irgendein wichtiges Europapokalspiel, aber für Herbert waren alle Fußballspiele wichtig. Sie hätte es gern gehabt, wenn er mit ins Bett gekommen wäre und sie sich noch etwas unterhalten hätten. Früher waren sie immer zusammen ins Bett gegangen, hatten miteinander gesprochen, manchmal war sie bereits eingeschlafen, während er noch redete, dann hatte sie immer schöne Träume gehabt.

Als Doro im Bett lag, hörte sie, wie Herbert aufstand und in die Küche ging. Er sprach mit Collie, der in der Küche lag. Sie hatten nur eine kleine Wohnung, die Zimmer waren so hellhörig, daß sie den Kommentator des Fußballspiels hören konnte und die Musik von den Werbespots in den Pausen. Aber das störte sie nicht. Es war schön zu wissen, daß er da war. In der letzten Zeit hatte sie Angst davor, daß er irgendwann nicht mehr dasein könnte. Sie waren jetzt zwei Jahre zusammen. Doro fror, obwohl sie die Heizdecke angeknipst hatte, sie konnte nicht einschlafen. Draußen fuhr eine Straßenbahn vorbei, es mußte die Achthundertsechs sein, die um diese Zeit von der Universität in die Innenstadt fuhr. Ihre Wohnung lag im dritten Stock, nicht weit von der Haltestelle. Neben dem Haus war der Supermarkt, ein großer viereckiger Klotz, in dem Doro seit einem Jahr an der Kasse arbeitete. Sie drehte sich um, wartete, daß Herbert endlich ins Bett kommen würde. Wenn er seine Prüfung hinter sich hätte, würde sie mit ihm in die Eifel ziehen. Sie wollte wieder nach Hause zurück. Sie redete nicht mit Herbert über ihre Zukunft, da er im Moment genügend Probleme hatte. Vor einem Jahr hatte er sich endlich zur Prüfung angemeldet, war krank geworden. Er dachte, es sei nur eine Magenverstimmung, er wollte nicht zum Arzt gehen. Aber als es nicht besser wurde, hatte sie ihn nachts zur Ambulanz ins Krankenhaus gebracht, er hatte einen

Blinddarmdurchbruch und wäre um ein Haar gestorben. Die Prüfung mußte er verschieben. Aber er würde die Prüfung schaffen, er würde sie bestimmt schaffen. Sie schlief ein und wurde erst wieder wach, als er ins Schlafzimmer kam. Er bemühte sich, leise zu sein, zog sich aus und ging ins Badezimmer. Sie hörte, wie er den Wasserhahn aufdrehte und die Gastherme ansprang, wie er das Zahnwasser im Mund herumspülte und dann ausspie. Er kam im Dunkeln ins Bett und legte sich auf seine Seite. Er hatte geraucht und Bier getrunken. Doro roch das alles, roch es auch, wenn er mit anderen zusammengewesen war. Sie dachte an die Vogelfeder, überlegte, welche Vögel weißes Gefieder hatten. Möwen, sie erinnerte sich an Lachmöwen und Sturmmöwen, am Rhein, am Flingerner Damm beim Schiff, auf dem man Kaffee trinken konnte. Herbert ging manchmal von der Universität am Rhein entlang nach Hause. Sie hatte sich zu ihm gedreht, ihre Hand ausgestreckt. Seine Finger umschlossen ihre Hand und drückten sie. Sein Atem wurde immer ruhiger, und er ließ ihre Hand los. Es kam ihr vor, als würde er sie verlassen.

«Ich kann nicht schlafen, Herbert.» Sie krabbelte mit den Fingerspitzen über seine Hand.

«Was ist denn?»

«Ich weiß nicht, als du reinkamst, wurde ich wach, und jetzt kann ich nicht mehr einschlafen.» Sie rückte näher an ihn heran, ihre Füße berührten sich.

«Wie haben sie denn gespielt?»

«Verloren, der Boden war knochentrocken gefroren. Sie sind das noch nicht gewohnt. Sie müssen unbedingt zu Hause gewinnen, sonst sind sie raus.»

«Beim nächsten Mal werden sie bestimmt gewinnen.»

Doro spürte, daß Herbert gereizt war und gerne geschlafen hätte, aber sie mußte mit ihm reden. Den ganzen Tag hatte sie nur an der Kasse gesessen und Preise eingetippt.

«Weißt du, daß ich mich darauf freue, endlich wegzuziehen? Wenn du deine Prüfung bestanden hast, möchte ich von hier weg.» Sie redete von einem Städtchen am Rande der Eifel. Herbert war einmal auf der Fahrt nach Frankreich mit Doro an Kall vorbeigefahren. Die Straße führte an Bahngleisen entlang, an einem Stellwerk und an Autohändlern. Auf den Wiesen hinter dem Ort lag noch Schnee. Es regnete. Herbert wollte nicht in dieser tristen Gegend leben. Während Doro redete, dachte er an die Frau, die in der Bibliothek am Tisch neben ihm gesessen hatte. Während sie las, hatte sie mit der weißen Feder über die Buchseite gestrichen, jedesmal, bevor sie eine Seite umschlug. Noch keine Frau hatte Herbert so gefallen. Sie hatten sich nur angesehen. Am Nachmittag war er zu einer Übung gegangen. Als er zurückkam, war sie nicht mehr an ihrem Platz gewesen, aber die Feder hatte in seinem Buch gelegen.

Malchold war spät von der Arbeit im Kalksteinbruch gekommen. Es hatte den ganzen Tag geregnet, jetzt schneite es. Auf einem Podest in der Küche stand ein kleiner Fernseher, er sah gerade Abendnachrichten, als das Telefon klingelte. Seine Frau ging im Wohnzimmer ans Telefon. Nach einer Weile brachte sie den Apparat und stellte ihn auf den Tisch.

«Kromberg ist betrunken», sagte sie. Kromberg wohnte am Ortsausgang, in der Nähe der Fischteiche.

«Sie sind wieder da, derselbe Wagen», nuschelte Kromberg. Malchold verstand den Alten kaum, der seine Zahnprothesen herausgenommen hatte, er begriff nur, daß die Fischdiebe wieder da waren. Sie hatten die Teiche schon mehrmals geplündert, den Zulauf mit einem Rohrstück auf die Wiese geleitet, den Tisch aus der Hütte in den trockengelegten Teich getragen und die Fische direkt an Ort und Stelle getötet und ausgenommen. Sie hatten sich nicht einmal die Mühe gemacht, die Teiche danach wieder zu fluten, um ihre Spuren zu beseitigen. Malchold vermutete, daß sie aus der Stadt waren, wegen der Schmierereien am Bauwagen. Kromberg nuschelte immer noch.

«Ich komm vorbei», sagte Malchold. Er kannte Kromberg seit seiner Kindheit, erinnerte sich an seine erfolglosen Versuche, eine Frau zu finden. Eine Zeitlang hatte eine hübsche Polin bei ihm gewohnt, aber sie war ihm weggelaufen. Das einzige, was Kromberg noch besaß, waren die Fische, er war ein einsamer alter Mann, der eine Zeitlang auf Siedlungshöfen als Melker beschäftigt worden war und später, wie er, im Zementwerk gearbeitet hatte. Die beiden hatten gemeinsam die Teiche ausgebaggert, das Wasser vom Bach abgezweigt und Forellen gezogen, die sie an die Urftpächter verkauften, die im Frühjahr Jungfische brauchten, um den Bestand für die Angler aufzufüllen. Sie verkauften auch an Hotels und Restaurants, bis die Panne mit den geräucherten Fischen passiert war und einige ihrer Kunden an Salmonellen erkrankten. Es war nicht ihre Schuld gewesen, so etwas kam beim Räuchern unter Millionen Fällen einmal vor. Der oberste Teich, in dem sie Forellen gezüchtet hatten, war im Laufe der Jahre versandet, gute Fischgründe für die Reiher. Malchold ging nur noch selten zu den Teichen. Kromberg machte die ganze Arbeit, führte auch den Kampf gegen die Graureiher fort. Mit seinem Gewehr saß er tagsüber an der Hütte, in der sie früher Fisch geräuchert hatten.

«Mußt du wirklich hinfahren?» fragte seine Frau. Sie räumte die Spülmaschine aus und ging mit dem Besteck zum Küchenschrank.

«Wir können denen nicht alles durchgehen lassen.»

«Du hast es der Polizei gemeldet. Außerdem interessieren dich die Teiche sowieso nicht mehr.» Patricia war eine zierliche Frau mit einem schönen Gesicht. Malchold war seit dreißig Jahren mit ihr verheiratet, sie hatten Söhne, die schon aus dem Haus waren.

«Nimm wenigstens den Hund mit», sagte sie. Sie machte sich Sorgen, daß etwas passieren könne. Rex lag im Wohnzimmer, er lag mit der Schnauze auf den Vorderpfoten. Als Malchold ihn rief, trottete er hinter ihm her in die Garage. Malchold holte eine Taschenlampe aus einem alten Küchenschrank und steckte sie in seine Parkatasche. Er trug einen Parka aus seiner Wehrdienstzeit. Die Jagdgewehre lagen in Tücher eingewickelt im Spind. Er nahm eines, legte es auf den Beifahrersitz des Subaru. Rex hockte ungeduldig auf dem Beifahrersitz, er hechelte, seine Zunge hing ihm heraus, und Speichel tropfte auf das in ein Tuch eingewickelte Gewehr. Malchold setzte den Subaru rückwärts vom Hof auf die Straße. Im Hof lag Eschenlaub, das erst vor einigen Tagen innerhalb weniger Stunden abgefallen war. Malchold fuhr durch den Ort, bei Arimonds war noch Betrieb, das Auto von Grefrath parkte vor der Tür. Er wäre jetzt lieber zu Arimond gegangen und hätte in Ruhe ein Bier getrunken. Er fuhr unter der Bahnunterführung hindurch, am Kieswerk vorbei. Hinter dem Ort blinkten an Schnüren aufgehängte Reflektoren im Wald. Er fuhr über den Höhenrücken nach Broich hinauf, dort bog er in den Feldweg ein, der zu den Teichen führte. Schlehdornbüsche kratzten am Auto. Er stoppte, schaltete die Scheinwerfer aus.

«Sie sind wieder bis an die Teiche gefahren, was meinst du, Rex, warten wir hier», flüsterte er. Er dachte, daß es ein paar Jungs aus der Stadt seien, denen er nur etwas Angst einzujagen brauchte. Er kurbelte die Scheibe herunter, steckte sich eine Zigarette an. Rex richtete sich auf, spitzte seine Ohren und knurrte. Was sollte schon passieren? Ein paar junge Männer, die Fische stahlen, das hatte er in seiner Jugend auch gemacht. Es war nicht gerade klug von ihnen, mit dem Auto bis an die Teiche zu fahren. Malchold rauchte die Zigarette zu Ende, dann stieg er aus, holte die Kapuze aus dem Jackenkragen und zog sie über den Kopf. Rex drückte sich an seine Beine und wedelte aufgeregt mit dem Schwanz. Malchold wußte nicht einmal, ob das Gewehr geladen war. Er leuchtete auf den Weg, während er hinunterging. Der Weg war mit aufgeschüttetem Bauschutt und Dachpfannenstücken befestigt, der Lichtschein seiner Taschenlampe wanderte vor ihm her, bis zum Schuppen, in dem ein alter Traktor stand, mit dem sie früher die Wiesen um die Teiche gemäht hatten. Damals hatte er manchmal mit Kromberg in der Hütte am Teich übernachtet. Malchold hörte Stimmen, danach war es wieder still. Er ging weiter und sah einen Opel am Räucherschuppen stehen. Sie waren bei den Teichen. Sie trugen Parkas und Mützen, die Hosenbeine hatten sie hochgekrempelt, und einer hatte eine Armbrust dabei. Rex kläffte und sprang auf sie zu. Als sie ihn mit dem Gewehr sahen, hoben sie die Hände. Malchold sah jetzt, daß sie bei Kromberg standen. Kromberg lag auf der Wiese neben den Holzstufen, die zur Hütte hinaufführten.

«Was habt ihr mit ihm gemacht?» schrie er.

«Nichts – wir wissen auch nicht, was mit dem alten Mann los ist, wir haben ihm nichts getan, bestimmt nicht. Wir waren im Teich, als er auf uns schoß, dann stürzte er die Treppe runter.» Rex leckte Krombergs Hand. Die Kerle standen in nassen Klamotten da und zitterten.

«Er ist doch nicht tot?» fragte einer.

«Er ist nur betrunken», sagte ein anderer.

«Was habt ihr euch eigentlich dabei gedacht, meine Fische zu klauen?»

«Wir dachten, der Teich gehört niemandem mehr.»

«Tut uns leid, wir bezahlen Ihnen die Fische. Wir wollten wirklich nur ein paar Fische fangen und sie überm Feuer braten.» Malchold leuchtete in die Gesichter der Jungs. Sie waren fünfzehn bis achtzehn Jahre alt und bestimmt keine Fischräuber, und einige von ihnen kannte Malchold. Leo Arimond und Martin Salentin und ein paar andere, die aus Kall oder aus Dörfern in der Umgebung kamen.

«Scheißdreck», sagte er, «ihr müßt euch aufwärmen, sonst habt ihr morgen eine Lungenentzündung.» Sie trugen Kromberg zur Hütte und machten ein Feuer. Malchold ging zum Teich, er leuchtete übers Wasser, es wimmelte von Forellen, die in Schwärmen träge hin und her zogen. Sie mußten in diesem Frühjahr abfischen, sonst würden die Fische krank werden.

Edith hatte den ganzen Tag am Supermarkt gestanden, und den ganzen Tag waren Leute vorbeigelaufen und hatten sie ignoriert. Edith hatte mit Albert, ihrem Kollegen, vergeblich versucht, mit den Leuten ins Gespräch zu kommen und Verträge für die Flugrettungsgesellschaft abzuschließen, aber sie hatten nicht einen einzigen Vertrag geschrieben.

Als Edith nach der Arbeit in die Gaststätte von Arimonds kam, war sie müde und enttäuscht. Die Gaststätte war leer, nur ein Junge saß an einem Tisch und machte Hausaufgaben oder schrieb etwas in ein Notizheft. Der Junge eilte hinter die Theke und gab ihr den Zimmerschlüssel. Sie konnte sich nicht an ihn erinnern, nicht daran, daß sie ihn früher, als sie noch in Kall wohnte, gesehen hatte. Er war schlank und von durchschnittlicher Größe, er würde vielleicht noch ein paar Zentimeter wachsen, die Augen fielen ihr auf, sie waren groß und hatten einen neugierigen Blick. Sie berührte mit der Fingerspitze seine Hand, als er den Schlüssel mit dem schweren Messinganhänger über die Theke reichte. Dann ging sie nach oben. Sie ging die Treppe hinauf, durch einen schmalen Flur, von dem rechts und links Türen abgingen, dann nochmals einige Stufen hinauf zu einem Anbau, wo sich ihr Zimmer befand. Sie erinnerte sich, wie die Kolleginnen in dem Laden, in dem sie damals gearbeitet hatte, über die Arimonds geredet hatten, als sie gerade in den Ort gezogen waren. Frau Arimond war eine schöne Frau mit dickem kastanienrotem Haar. Sie stammte aus Prüm. Ihre Eltern hatten dort eine Konditorei und eine Gaststätte, sie war zum zweitenmal verheiratet und hatte ein uneheliches Kind. Ihr jetziger Mann war beträchtlich jünger und stammte aus der Stadt. Frau Arimonds Klavier und die großen Möbel wurden mit Stricken die Balkonbrüstung hinaufgezogen. Das Haus war zu verwinkelt gebaut, um die Sachen auf anderem Weg zu ihren Bestimmungsorten zu bringen. Die Arimonds hatten das Haus auf Rentenbasis von Höffner gekauft. Sie waren gerade ein paar Wochen in Kall, als Edith mit Severing weggegangen war. Sie war wirklich verliebt in ihn und hatte nichts anderes im Kopf gehabt. Sie hatten drei Jahre zusammengelebt, hatten sich getrennt, und Severing war wieder zurück nach Kall gegangen. In letzter Zeit dachte sie wieder an ihn. Wie sie gehört hatte, wohnte er jetzt in einem Dorf in der Nähe, war verheiratet und hatte eine kleine Firma. Es war seltsam, er hatte aus dem Ort weggehen wollen, und er hatte dann Heimweh bekommen und war zurückgekehrt. Sie setzte sich aufs Bett und knöpfte ihre Bluse auf. Sie war müde, ihre Beine schmerzten. Sie rieb mit der Hand über ihre Waden. Vom vielen Stehen hatte sie Krampfadern bekommen. Severing hatte ihr gesagt, daß es niemanden sonst auf der Welt für ihn gebe, und ein paar Monate später war er abgehauen, und sie hatte sich alleine durchschlagen müssen. Seit Jahren reiste sie herum, versuchte, für die Rettungsgesellschaft Verträge abzuschließen, davor hatte sie als Sekretärin gearbeitet und in einem Jeansgeschäft. Sie legte sich aufs Bett und hörte, wie Albert den Flur hinunterging und sein Zimmer aufschloß. Die Geschäfte liefen schlecht. Als sie bei der Firma anfing, hatte Albert sie eingearbeitet. Er war damals der beste Verkäufer dort. Sie waren in Süddeutschland in der Gegend von Amberg und Weiden unterwegs gewesen, nicht weit von der tschechischen Grenze. Für eine kurze Zeit hatte sie eine Affäre mit Albert gehabt, er war damals noch verheiratet und hatte immer eine Fotografie seiner Familie auf der Nachtkonsole stehen. Seine

Frau hatte ihn verlassen, aber das hatte nichts mit ihr zu tun. Jedenfalls hatte Albert das so gesagt. Albert hatte ihr Tricks gezeigt, wie man die Leute dazu bringt stehenzubleiben, wie man mit ihnen ein Gespräch beginnt, ihre Aufmerksamkeit gewinnt, damit sie zuhören und schließlich Verträge unterschreiben. Alles drehte sich seit Jahren nur noch um das Schreiben von Verträgen und die Provisionen.

Sie war eingenickt, als Albert an ihre Tür klopfte und fragte, ob sie mit zum Essen gehen würde. Sie sagte, daß sie schon im Bett sei und keinen Hunger habe. Sie schlief eine Weile, wurde dann wieder wach. Es war dunkel draußen, die Urft, die hinter dem Garten vorbeifloß, rauschte. Sie war unruhig und konnte nicht mehr einschlafen. Zu viele Gedanken gingen ihr durch den Kopf. Sie hatte von Severing geträumt. Sie ging nach draußen, um ihm vielleicht irgendwo zu begegnen. Auf der Terrasse der Eisdiele standen noch keine Stühle. Danilo fuhr während der Wintermonate in seine Heimat. Sie erinnerte sich daran, wie sie mit Severing auf der Terrasse gesessen hatte und sie über ihre gemeinsame Zukunft redeten. Wie sie zu den Sandsteinfelsen hinaufgegangen waren und sich dort oben geküßt hatten. Aus dem Imbiß kamen Jugendliche, die über die Straße zu ihrem Auto gingen. Sie lief an der Drogerie vorbei, in der sie ihre Lehre gemacht hatte und an deren Stelle jetzt ein Geschäft für Jagdartikel war. Plötzlich stand sie vor dem Schaufenster des Friseurladens. Als kleines Mädchen hatte sie jeden Morgen, wenn sie zur Schule lief, vor dem Geschäft von Delamot gestanden und darauf gewartet, daß er sein grinsendes Gesicht mit den goldenen Augenzähnen im Schaufenster zeigte.

Als sie zur Gaststätte zurückkam, war es schon spät. Albert

stand an der Theke. Er trug keinen Anzug mehr, sondern eine Lederweste und eine Baseballkappe, seine Haare waren streichholzkurz. Er hatte getrunken, legte den Arm um ihre Taille, nannte sie seine liebste Kollegin. Sie trank ein Bier mit, dann ging sie auf ihr Zimmer, zog sich aus, legte ihre Kleider über den Stuhl vorm Fenster und sah zum Fluß, an dem sie als Kind gespielt hatte. Sie weinte und dachte, daß sie besser nicht nach Kall gekommen wäre. In der Nacht klopfte Albert an ihre Tür. Als er gegangen war, stand sie auf, um das Fenster zu schließen. Um sieben Uhr erwachte sie, duschte, kleidete sich an und ging zur Gaststätte hinunter. Frau Arimond bereitete in der Küche das Frühstück zu. Edith setzte sich an einen Tisch, sah zum noch leeren Parkplatz vor dem Einkaufsmarkt. Vielleicht würde sie Severing heute sehen, wenn er mit seiner Frau zum Einkaufen kam. Sie nahm sich vor, ihn zu fragen, ob er eine Versicherung abschließen wolle. Sie stellte sich sein verdutztes Gesicht vor. In der Küche redete Frau Arimond mit ihrem Sohn. Edith war mit dem Frühstück fast fertig, als Albert kam. Er schlenderte durch das Lokal, kramte in seiner Jackentasche nach einer Zigarettenschachtel, legte sie auf den Tisch, bevor er sich setzte. Er trug immer noch seinen Ehering. Er zündete sich eine Zigarette an, blies den Rauch aus und fragte:

«Wer sagt eigentlich, daß in diesem Kaff viele Verträge geschrieben wurden?»

«Monika hat uns hier eingeteilt, sie hat auch diesen Termin mit dem Markt abgesprochen.»

«Die weiß auch nicht mehr, was Sache ist.» Albert rauchte, bevor er zu frühstücken begann.

«Ich gehe noch mal aufs Zimmer», sagte sie.

Als sie zum Supermarkt kam, hatte Albert den Stand bereits aufgebaut. Auf dem Stehtisch lagen Hochglanzbroschüren, ein Ordner mit Verträgen, Informationsmaterial und Handzettel, die sie an die Leute verteilten. Ein Plakat mit einem großen Rettungshubschrauber hing über dem Eingang. Albert redete mit einer Kundin, blättert im Ordner, zeigte ihr Fotografien von Rettungsaktionen.

«Im letzten Urlaub hatten wir in Jugoslawien einen Unfall, da hätten wir eine Versicherung gebrauchen können», sagte die Frau. Albert hörte ihr zu und blinzelte mitunter zu Edith hin. Sie wußten beide, daß sie den Leuten nur Mist andrehten. Albert schloß den Vertrag mit ihr. Ein gutes Omen, daß gleich die erste Kundin einen Vertrag unterschrieben hatte. Albert rieb sich die Hände, er war voller Tatendrang. Sie schlossen bis zum Mittag zehn Verträge ab und am Nachmittag nochmals sieben. So ein gutes Geschäft hatten sie lange nicht mehr gemacht. Sie saßen gerade in der Cafeteria und machten eine kurze Pause, tranken Kaffee und genehmigten sich ein Stück Kuchen, als sie Severing kommen sah. Severing parkte auf einem der Behindertenparkplätze in der Nähe des Eingangs. Er stieg aus und nahm einen Klapprollstuhl für seine Frau aus dem Kofferraum. Sie hatte ein entstelltes Gesicht, und man konnte ihre einstige Schönheit nur noch ahnen. Er fuhr mit ihr auf den Supermarkt zu. Edith wollte nicht von Severing gesehen werden. Sie drehte sich weg, als er seine Frau durch den Eingang schob. «Denen bringt unsere Versicherung auch nichts mehr», hörte sie Albert amüsiert sagen. Und sie schüttete ihm dafür ihren Kaffee ins Gesicht.

Zacharias saß an der Theke und erzählte gerade von einem Lohngeldraub in den zwanziger Jahren, damals arbeiteten noch zehntausend Männer in den Erzbergwerken des Bezirks. Zacharias hatte vor Jahren eine Artikelserie über die Geschichte des lokalen Bergbaus verfaßt und war dabei auf einen mysteriösen Raub gestoßen, der damals viel Staub aufgewirbelt hatte. Zwei Gendarmen, die das Geld bewachten, wurden erschossen, der dritte Mann des Begleitpersonals floh und stürzte einen vierzig Meter steilen Abhang hinunter. Die Diebe wurden nie gefaßt. Leo stand hinter der Theke und hörte interessiert zu. Zacharias hatte die Familie Delhais erwähnt. Er hatte berichtet, der Lohngeldraub sei das Spektakulärste, das jemals in der Region geschehen war. Die Diebe mußten gute Kenntnisse von den Gegebenheiten gehabt haben, denn sie überfielen den Geldtransport genau an dem Tag, als der Grubenzug wegen Gleisarbeiten nicht bis zum Verwaltungsgebäude fahren konnte. Das Wachpersonal trug die Geldkiste durch die Halden bis zum Verwaltungsgebäude. In der Kiste befand sich der Wochenlohn von fünfhundert Arbeitern. Zwischen den Halden lauerten dann die Räuber. In einem Bericht hieß es, daß sie nach ihrer schändlichen Tat in Richtung Kallmuth geflohen seien. Einige Jahre nach dem Raub wurden die Erzgruben und Eisenhütten wegen Unrentabilität geschlossen. Alle Arbeiter verloren ihre Anstellung. Zacharias erzählte, daß er nach seiner Zeitungsserie einen Brief von einer Frau aus Australien erhalten habe. Diese Frau erklärte, ihr Vater sei einer der Diebe gewesen. Sie schrieb, er sei 1899 in Kall geboren. Ihre Mutter habe ihrem Mann bei Streitigkeiten seine Beteiligung am Lohngeldraub vorgeworfen. Ihre Mutter habe oft gesagt, der Vater gehöre wegen

Mordes ins Gefängnis. Als die Tochter dies aus Australien schrieb, war Johann Delhais bereits fünfzehn Jahre tot. Johann Delhais nun war der Großvater von Doris Delhais, ihr gehörte ein kleiner Tabak- und Zeitschriftenladen. Leo lauschte der Geschichte, seit von Doris Delhais die Rede war. Frau Delhais lebte zurückgezogen, sie war eine schlanke Frau mit strengen, aber schönen Gesichtszügen und braunem Haar, das mit grauen Strähnen durchwirkt war. Sie sammelte kleine Glasfiguren. Ihr Haus war angeblich voller Glasfiguren, man munkelte, daß es Abbildungen der Leute seien, die in Kall und Umgebung lebten. Leo begegnete ihr manchmal, wenn er mit dem Zug zum Abendgymnasium in die Kreisstadt fuhr. Frau Delhais saß am Zugfenster, hatte ihre Handtasche auf dem Schoß, die sie so behutsam behandelte, als befänden sich jene Glasfigürchen darin.

Zacharias erzählte immer noch, als Herr Arimond die Treppe hinunterschwankte und hinter der Theke erschien. Er schickte Leo aus der Gaststätte. Er war in einem Zustand, in dem er keine Widerworte duldete. Leo wäre gern noch hinter der Theke geblieben, um dem Lokalreporter weiter zuzuhören. Jetzt saß er in seinem Zimmer und hörte sie unten in der Gaststätte reden. Doris Delhais war erst nach Kall zurückgekommen, nachdem ihr Vater gestorben war. In den ersten Jahren hatte Leo diese Frau gar nicht wahrgenommen. Jetzt wurde er die Gedanken an sie nicht mehr los. Er sah durch sein Fenster auf das mit Teerpappe gedeckte Saaldach und zum verwilderten Garten, auf dem der Lichtschein aus dem Pissoirfenster lag. Es nieselte, die Urft, deren dunkle Fläche er hinter den Erlen erahnen konnte, floß dicht an den Häusern vorbei. Leo zog seinen Parka an und ging nach draußen.

Um diese Zeit war Kall wie ausgestorben, nur in der Apotheke brannte noch Licht. Der Apotheker saß in einem kleinen Raum und las. Auf der Straße, die am Ort vorbeiführte, transportierten Lastwagen Kalkgestein zum Zementwerk. Leo ging über die Urftbrücke. Dann lief er zur Schule und am Fußballplatz vorbei. Er dachte über Frau Delhais nach, er fragte sich, ob sie von ihrem Großvater wußte. Er hatte die verrückte Phantasie, daß sie ihm aus der Dunkelheit entgegenkommen würde und daß sie gemeinsam weitergehen würden und sie ihm die Geschichten der unsichtbaren Figuren erzählen würde. Der Weg im Flußtal führte durch Rapsfelder. Scheinwerfer vorbeifahrender Autos glitten an den Sandsteinfelsen entlang. Leo überquerte die Straße und ging nach Kall zurück, zum Laden von Frau Delhais. Er blieb unschlüssig auf dem Treppenabsatz vor der Tür stehen.

«Ich wollte Sie nicht stören», stotterte er, als sie die Tür öffnete.

«Du störst nicht, ich nehme an, daß du mitten in der Nacht keine Zeitschrift kaufen willst. Komm schon rein, du bist ja völlig naß, es muß nicht jeder wissen, daß ich so spät noch Besuch habe.» Sie ging vor ihm her. Über der Treppe hing ein Glasperlenspiel mit Figuren, die sich bei jedem Windhauch, der durch ein geöffnetes Fenster kam, zart berührten.

Lastwagen fuhren aus dem Steinbruch, ein Signalhorn ertönte, die Arbeiter liefen zur Schutzhütte, die Erde erzitterte von Sprengungen, Steinbrocken schleuderten hoch und fielen auf Wiesen, Staubwolken stiegen auf. Als der Staub verflogen war, gingen die Arbeiter wieder in den Steinbruch. Milli war seit Jahren nicht am Viehtrog oberhalb des Steinbruchs gewesen. Als Mädchen hatte sie oft an dieser Stelle gesessen, hatte davon geträumt wegzugehen. Im Himmel über dem Berg flatterten Krähen. Sie flog mit ihnen über Wiesen und Wälder, über Ortschaften, zum Sportplatz, zum Zementwerk und am Fluß entlang bis zum Wehr, dann kehrte sie wieder zum Trog zurück. Mit Kalkgestein beladene Lastwagen krochen aus dem Steinbruch herauf, zogen einen Staubschleier hinter sich her, fuhren zur Landstraße. Ein Bauer spießte gerade im Feld mit der Forke am Traktor Strohwalzen auf, die er zu einer Gestalt auftürmte, sie bekam ein Schild umgehängt, auf dem zur Kirmes eingeladen wurde. Die große Figur stand im Feld gegenüber der Dorfeinfahrt. Milli dachte daran zurück, wie Braden einmal Hahnenkönig geworden war, nur um mit ihr zu tanzen. Aber sie hatte nicht mit ihm getanzt, war weggelaufen, als er in die Gaststätte torkelte. Vielleicht saß Braden jetzt bei Höger im Lkw, fuhr mit ihm, stieg irgendwo aus und suchte dann auf den Feldern nach Versteinerungen. Immer wenn Braden mit ihr zusammengewesen war, hatte er von seinen Steinen geredet, hatte ihr Bücher über Erdgeschichte gegeben. Aber sie hatte die Bücher nie gelesen, sondern in einem Antiquariat in der Stadt verkauft. Was machte Braden jetzt nur, hatte er vielleicht eine andere Frau?

Unten am Hang, im Schatten der Schlehdornbüsche, grasten Kühe, die im Laufe des Tages immer weiter den Berg hinaufgerieten. Die untergehende Sonne entflammte das Gras, strich über den Hang. Die Kühe standen um den Trog, beugten sich zu ihr hinab, der Atem der Tiere roch nach verdautem warmem Gras, sie betrachteten Milli neugierig. Am Himmel waren die Sternbilder des Hundes, des Pfeils und des Schlangenträgers. Der Hang war so steil, daß man nur auf allen vieren hinaufgelangte. Milli wartete auf Rosarius, er kam immer abends zu dieser Stelle. In der Nacht wurde er unruhig, stromerte in der Gegend umher, sie fragte sich, was mit ihm los war, sie hatte den Eindruck, er könne im Dunkeln wie eine Katze sehen. Rosarius kroch den Hang hinauf, er blies in eine rostige Mundharmonika. Er hatte eine Hasenscharte, die seine Oberlippe verunstaltete, alles, was er sagte, klang schnarrend, er berührte Millis Gesicht, sagte Worte, die sie nicht verstand. Sie fragte nach Braden.

«Weißt du, was Braden macht?» Rosarius schüttelte den Kopf. Lastwagen krochen aus dem Steinbruch, das Scheinwerferlicht im Innern des Steinbruches schnitt sich mit den Lichtern der Lastwagen auf der Umgehungsstraße. Rosarius wurde unruhig, schlug Purzelbäume, aß Kuhfladen, spuckte alles wieder aus, seine Laute schienen eine geheime Melodie zu haben. Er lief den Hang hinunter zum Feldweg, der sich durch das Boletal schlängelte und unter einer Brücke ins Dorf führte. Dieses Dorf, sie wußte nicht, ob sie es liebte oder haßte, manchmal, wenn sie in der Stadt lebte, glaubte sie, es würde nicht mehr existieren, dann setzte sie sich in den Zug und fuhr voller Ungeduld darauf zu, bis sie vom Zugfenster aus die Kirche oben auf dem Berg sah und mit der nächsten Bahn wieder zurückfuhr.

Sie war im Trog eingeschlafen, sie schlief, bis die Lichter

im Dorf und im Steinbruch erloschen waren. Rosarius kam mit Lebensmitteln zurück, aber sie hatte keinen Hunger. Er wollte unbedingt, daß sie aß, fütterte sie und gab ihr zu trinken. Dann zog er sie hinter sich her, sie konnte nichts sehen, als sie durch die Wälder liefen, sie stolperte, stürzte in Löcher, es roch nach modriger Erde und Laub. Vögel flatterten auf. In der Dunkelheit schrie ein Uhu. Sie liefen bis zur Puppe, die am Nachmittag aufgestellt worden war. Rosarius tanzte wild um die Gestalt und blies in die scheppernde Mundharmonika, dann liefen sie zum Steinbruch zurück, wo nun, da die Scheinwerfer ausgeschaltet waren, ein riesiges, mit Schwärze gefülltes Loch war. Irgendwo auf einem Felsvorsprung hatten die Uhus ihr Nest. Milli saß am Bruchrand. Sie dachte an Braden, er war jetzt bestimmt bei Arimonds in der Gaststätte, alleine mit seinen Steinen an einem Tisch. Rosarius balancierte am Grat entlang. Milli hatte Angst um ihn und rief ihn zurück, dann sprang er plötzlich hinab, schnatterte dabei wie eine Elster, vielleicht glaubte er, fliegen zu können. Er landete in einem weichen Geröllfeld. Sie mußte es ihm gleichtun, schwebte lange durch die Luft und kam in weicher, warmer Erde auf. Sie gingen zur Schutzhütte der Steinbrucharbeiter. Rosarius tauchte mit Kopf und Oberkörper in ein Wasserfaß. Mit dem Schlüssel kam er triefend wieder zum Vorschein. Winzige Mücken schwebten über dem Wasser, auf dem sich ihr Gesicht im Mondlicht spiegelte. Als sie sich über das Wasser beugte, löste sich ihr Gesicht in einen Schwarm winziger Mücken auf. Rosarius öffnete die Hüttentür. Geleerte Bierflaschen lagen auf dem Tisch, Schutzhelme und pornografische Zeitschriften. Rosarius blätterte in den Zeitschriften und kicherte, während Milli die Jacken der Arbeiter durchsuchte.

Die Arbeiter verdienten nicht genug, um leichtfertig ihr Geld zurückzulassen. Milli trank Bier, nahm die Zigarettenschachtel vom Tisch und steckte sie ein. Sie liefen einen Pfad am Fluß entlang zum Wehr. Drei Jungs hockten an einem Lagerfeuer. Sie ließen Steine übers Wasser hüpfen und unterhielten sich. Sie sprachen von seltsamen Dingen, von einem Ort unter dem Wehr, zu dem man nur durch die überschwemmten Bergwerksstollen gelangte. Als Milli noch in der Gegend gewohnt hatte, waren die Jungen kleine Kinder gewesen, jetzt waren sie fast erwachsen. Schatten kamen aus den Nebelschwaden am Fluß. Rosarius lief zu ihnen und verschwand. Milli war allein. Sie ging nach Kall zurück, wollte unbedingt mit Braden sprechen. Jetzt, wo es zu spät war, wollte sie Braden sehen, wollte wissen, wie es ihm ging. Aber Braden lag betrunken unter dem Tisch in der Gastsstätte. Es war besser, wenn sie wieder verschwinden würde.

Leo sprang die Treppenstufen runter, lief durch den Flur zur Haustür. Als Frau Arimond ihren Sohn hörte, zog sie die Schiebetür zur Gaststätte auf und rief, daß er die Plakate für den Tanzball mitnehmen solle. Er hatte versprochen, mit seinem Freund Martin in die umliegenden Dörfer zu fahren, um die Plakate auch dort aufzuhängen. Vielleicht würden dieses Mal ja mehr Gäste zum Kirmesball kommen, letztes Jahr waren nicht genug dagewesen, um die Musikkapelle zu bezahlen, und am letzten Tag hatten die Musiker ihre Instrumente eingepackt, weil nur ein paar Leute gekommen waren. Das Geschäft ging immer schlechter, und wenn es so bliebe, würden Arimonds die Gaststätte bald aufgeben müssen. Leo wußte nichts davon, er war in einem Alter, in dem ihn solche Dinge nicht interessierten. Frau Arimond gab ihrem Mann die Schuld an der finanziellen Misere, er kümmere sich nicht genügend ums Geschäft. Schließlich war er es, der auf diesen Höffner hereingefallen war, der sie mit dem Pachtvertrag betrogen hatte. Frau Arimond erinnerte sich noch gut, wie Höffner, Schwerhörigkeit vortäuschend, vor ihnen gestanden hatte, als ihr Mann sich nach den Umsatzzahlen erkundigte. Nun wartete Höffner darauf, daß sie endlich aufgeben würden. Es gab so schlechte Monate, daß sie nicht einmal in der Lage waren, die Pacht aufzubringen. Frau Arimond hatte überlegt, ob sie dieses Jahr zur Kirmes überhaupt noch eine Kapelle engagieren sollten, deswegen auch noch mit ihrem Mann gestritten. Er hatte mit den Musikern verhandelt, sie waren aus Euskirchen und zu teuer, sie hatte ihrem Mann vorgeworfen, ein Versager und Träumer zu sein, der nichts vom Geschäft verstand. Seither war er beleidigt, und sie sprachen nicht miteinander.

Leo nahm wortlos die Plakate, rollte sie zusammen und lief nach draußen. Er trieb sich die letzten Wochen viel in der Gegend herum, kam erst spät nach Hause und schloß sich in seinem Zimmer ein. Manchmal stand sie vor seiner Zimmertür und horchte. An der Theke hatten sie erzählt, Leo sei mit Doris Delhais gesehen worden. Sie war dieser seltsamen Frau ein paarmal zufällig auf der Straße begegnet. Sie wußte nur, was man über sie an der Theke erzählte. Er wird noch so ein Herumtreiber wie sein leiblicher Vater, dachte sie. Ihr Mann nahm seinen Adoptivsohn in Schutz, setzte ihm seine Flausen in den Kopf, gab ihm Bücher zu lesen, die er selbst nie verstanden hatte, redete ihm ein, die edelste unter allen Tätigkeiten sei die Schriftstellerei. Er verteidigte Leo immer wieder, wenn sie ihn zur Ordnung rufen wollte. Stück für Stück macht er Leos Leben kaputt, wie er es auch mit meinem gemacht hat, dachte sie. «Laß ihn doch, laß ihn herumstromern und die Welt erkunden, solange er noch kann», sagte ihr Mann, wenn Leo wieder einmal etwas angestellt hatte. Als Leo mit Freunden Malcholds Fischteiche geplündert hatte, hatte Herr Arimond nur gelacht und Malchold ein paar Bier spendiert. Er gab vor, Leo zu verstehen: «Der Junge sucht noch.» Was sucht er denn, was soll er in dieser elenden Gegend schon suchen? Vielleicht will er uns auch nur auseinanderbringen ... er ist nicht sein leiblicher Sohn ... er soll ihn in Ruhe lassen, dachte sie. Leo ließ sich von ihr nichts mehr sagen, schrie sie an, wenn sie eine harmlose Bemerkung machte oder auch nur fragte, wo er gewesen sei. Frau Arimond schloß die Schiebetür zur Gaststätte wieder und wendete sich den Gästen zu, Zementwerkarbeiter, Lastwagenfahrer, Bauern, kleine Angestellte und Arbeiter. Sie bereute längst, daß das Schicksal sie in diese Gegend verschlagen hatte. Es war die Idee ihres Mannes gewesen, er wollte unbedingt aus ihrem Heimatort weg, wo ihre Familie angesehene Geschäftsleute waren. Er hatte sie hierhergebracht. Damals wäre sie noch überall mit ihm hingegangen. Aber das hatte sich geändert, nun dachte sie oft daran, ihn zu verlassen. Mehrmals hatte sie schon mit gepacktem Koffer in ihrem Zimmer gestanden, war fest entschlossen gewesen wegzugehen. Doch sie mußte warten, bis Leo erwachsen war. Sie träumte davon, daß er Jurist oder Ingenieur würde. Es sah nicht danach aus, als würden ihre Wünsche in Erfüllung gehen. Leo war kein guter Schüler, er hatte keinen Ehrgeiz, glich immer mehr seinem Stiefvater, einem Träumer und Phantasten, der, so glaubte sie nun, sie nur geheiratet hatte, um bequem und ohne Arbeit zu leben. Er saß oben in seinem Raum, den er als Büro und Klause bezeichnete, und gab vor, sich um die Buchhaltung zu kümmern. Aber er las nur. Erst spätabends kam er betrunken nach unten, schickte sie weg und verbreitete, hinter der Theke stehend, absonderliche Ansichten, die sie alle in den Augen der Gäste nur lächerlich machten.

Frau Arimond saß hinter der Theke auf einem Hocker, überlegte, was sie tun könnte, um ihren Sohn zurückzugewinnen. Sie schenkte dem Gerede der Gäste schon lange keine Aufmerksamkeit mehr. Sie saß auf ihrem Hocker, häkelte und stand auf, wenn sie ein Bier für einen der Gäste zapfen mußte. Ihre Gedanken waren bei ihrem Sohn. Sie wollte noch an diesem Abend mit ihm reden. Sie stand auf, um Braden zu bedienen. Der saß abseits, hatte Fossilien vor sich auf dem Tisch liegen. Sie stellte ihm das Bier hin und machte einen Strich auf seinen Bierdeckel. Braden blickte durch eine Lupe auf einen Stein. Sie hatten an der Theke erzählt, Milli sei mal wieder dagewesen. Aber Braden wußte nichts davon. Frau Arimond ging wieder hinter die Theke. Einige der Gäste bezahlten und verabschiedeten sich schnell, als Satorius betrunken hereinkam. Sie wollten nichts mit dem alten Krakeeler zu tun haben. Satorius hatte einen Bauernhof an der belgischen Grenze, er hatte irgendeinen Handel in der Gegend abgeschlossen und besaß genügend Geld, um sich zu betrinken. Wenn er betrunken war, stänkerte er herum und fing Streit an. Satorius war anders gewesen, als seine Frau noch lebte. Damals war er ein netter, umgänglicher Mann.

Als sie die Gaststätte abschloß, war Leo immer noch nicht zurück. Nur Kleenbeen hockte noch an der Theke. Er sah ihr zu, wie sie die Stühle auf die Tische stellte und Gläser spülte. Kleenbeen war nicht mehr imstande, alleine nach oben in sein Zimmer zu gehen. Als er sich erhob, fiel sein Hocker um, er mußte sich am Tresen festhalten. Frau Arimond half ihm nach oben und wehrte in seinem Zimmer seine Annäherungsversuche ab.

Ihr Mann schlief bereits. Auf der Kommode und seinem Bett lagen aufgeschlagene Bücher: Parerga und Paralipomena, das Tagebuch eines gewissen Samuel Pepys und Essays von Montaigne. Sie knipste das Licht aus und tastete sich zum Fenster. Die Fensterflügel waren weit geöffnet. Es war schwül und sah nach einem Gewitter aus. Alles schien ihr unwirklich, wie in einem Traum zu sein. Sie blieb eine Weile am Fenster stehen und dachte an Leo, der mit seinen Freunden irgendwo draußen umherlief. Vielleicht war Leo mit Martin zum Wehr gefahren, sie gingen oft dort schwimmen. Sie mußte es ihm endlich sagen. Geh weg, weit weg, es ist überall besser als hier. Von fern hörte sie das Grummeln eines Gewitters. Sie konnte jetzt nicht schlafen. Sie ging ins Zimmer ihres Sohnes. Leos Kleider waren auf dem Boden verstreut. Auf dem Schreibtisch lagen Bücher, in einem Heft hatte er sich Notizen gemacht. Sie stand im Zimmer und rechtfertigte sich in Gedanken für ihre Jugendsünden, für Dinge, die sich jetzt nicht mehr rückgängig machen ließen und die sie viel zu lange für sich behalten hatte. Draußen war es windig geworden, das Gewitter kündigte sich an, im Haus schlug ein Fenster zu, die Dunkelheit wurde von Blitzen erhellt, Regentropfen klatschten auf die Balkonterrasse. Sie war plötzlich glücklich, ohne zu wissen, warum. Martins Auto hielt unten auf dem Platz. Leo sprang heraus, er verabschiedete sich von seinem Freund und kletterte am Saalanbau hoch, hangelte sich am Rosengitterbogen entlang und sprang mit einem Satz über die Balkonbrüstung. Dann blieb er im warmen prasselnden Regen auf der Terrasse stehen, zog sein Hemd aus, jauchzte und begann zu tanzen.

Katharina hatte ein schmales Gesicht, dunkle Augen mit langen Wimpern und schön geschwungene Lippen, sie war dreißig Jahre alt, und ihr gehörte der Lebensmittelladen an der Kleinkölner Straße. Sie kümmerte sich jedoch nicht besonders ums Geschäft. Meist saß sie hinter der Ladentheke und blätterte in Zeitschriften. Ihre Eltern waren schon vor Jahren gestorben, und ihr Bruder hatte eine Anwaltspraxis in Aachen. Sie verstand sich nicht gut mit ihm, und er kam nur alle paar Jahre nach Kall. Rosarius hingegen, ihr Vetter, war fast täglich bei ihr. Er war ein dicker, unansehnlicher Mensch, der nicht ganz richtig im Kopf war und immer irgendwelche Werbespots vor sich hinplapperte. Wenn er mit Katharina in der Küche hinterm Laden saß, stopfte sie ihn mit Süßigkeiten voll. Ein- oder zweimal am Tag bimmelte die Ladenglocke. Es waren ältere Leute, die bei ihr einkauften, vielleicht aus Gewohnheit, weil sie schon immer gekommen waren. Katharina war nicht auf die Einkünfte aus dem Laden angewiesen. Ihr Vater hatte ihr außer dem Laden noch ein Mietshaus in Aachen vererbt, das der Bruder für sie verwaltete. Er schickte ihr jeden Monat einen Scheck, mit dem sie die Rechnungen von den Sachen bezahlte, die in ihrem Laden vergammelten. Die anderen Frauen in Katharinas Alter waren längst verheiratet und hatten Kinder. Katharina hatte noch keinen Mann. Man sagte, sie sei zu eingebildet und wählerisch. Diejenigen, die früher einmal bei ihr abgeblitzt waren, behaupteten sogar, sie sei falsch gestrickt. Aus Kall versuchte es schon lange keiner mehr bei ihr. Dann, eines Sommers, wurden die Überlandleitungsmasten aufgestellt, die heute auf den hügeligen Wiesen stehen. Ein Trupp von Arbeitern logierte in der Gaststätte. Die ganze Nacht über dröhnte die Musikbox. Die

Monteure grölten und prügelten sich noch frühmorgens auf der Straße. Niemand wagte, sich zu beschweren. Es waren harte Männer, die tagsüber auf hohe Stahlmasten kletterten. Katharina sah man mit dem Vorarbeiter herumfahren. Am Ende des Sommers ragten die Strommasten in den Himmel. Katharinas Vorarbeiter war mit seinem Trupp weitergezogen. Bei klarem Wetter konnte man die Masten in der Ferne wachsen sehen, aber der Vorarbeiter tauchte nicht wieder auf, der Weg war ihm wohl zu weit. Rosarius war froh darüber. Als er wieder in den Laden kam, schrie Katharina, daß er verschwinden solle. Rosarius war beleidigt und betrat ihren Laden nicht mehr. Er hockte nun immer auf den Stufen des gegenüberliegenden Hauseinganges und sah zum Geschäft hinüber. Er sah, wie Katharinas neuer Freund zum ersten Mal den Laden betrat. Katharina hatte ihn über eine Heiratsannonce kennengelernt. Der Mann kam aus der Stadt und meinte, daß er etwas Besseres sei. Es dauerte nicht lange, bis Katharina ihn heiratete. Ihr Laden sah bald aus wie ein Supermarkt. Wenn der Mann betrunken nach Hause kam, verprügelte er Katharina und stieß Regale um. Sie begann zu trinken, sie hatte genug im Laden. Als ihr Mann sie wegen einer Frau aus dem Nachbarort verließ, sah man Katharina wochenlang nicht, sie hatte alle Rolläden heruntergelassen. Ihr Bruder kam und ließ die Ladentür aufbrechen. Katharina lag auf dem Boden, überall Schnapsflaschen und Zeitschriften. Man brachte sie ins Krankenhaus. Danach machte sie eine Entziehungskur. Es war ein Jahr vergangen, als man sie wiedersah, niemand wußte, wo sie so lange gewesen war. Sie hatte sich sehr verändert, hatte kurze, rot gefärbte Haare und sah glücklich und zufrieden aus. Nachmittags hockte sie mit Rosarius auf den Stufen vorm

Laden und wartete auf einen Mann, den sie wohl während ihrer Abwesenheit kennengelernt hatte. Als er endlich kam, umarmte Katharina ihn lange vor der Ladentür, und Rosarius stand beschämt daneben. Es wunderte sich niemand darüber, daß sie bald darauf den Laden verkaufte, um endgültig wegzugehen. Das war an einem Nachmittag im Frühherbst, ein paar Tage vor der Kirmes, in den Gärten glitzerten Witwenfäden. Sie hatten Rosarius nicht gesagt, daß sie wegwollten. Aber er erfuhr es doch. Er lief aufgeregt zum Laden, wo Katharina mit ihrem Freund gerade das Gepäck in den Caravan lud. Rosarius zwängte sich auf die Rückbank. Katharina versuchte, ihn zum Aussteigen zu überreden, aber es gelang ihr nicht. Keine zehn Pferde konnten ihn von seinem Platz bewegen. Rosarius blieb trotzig hinter ihnen sitzen, die Arme vor der Brust verschränkt, irgendwann während der Fahrt begann er wieder, seine Werbespots zu plappern. Sie fuhren die ganze Nacht, bis sie am frühen Samstagmorgen in einer großen Stadt ankamen. Rosarius war verwirrt von all den Menschen, er weigerte sich auszusteigen. Er wartete auf Katharina, die mit ihrem Freund verschwunden war. Monate später kam er völlig verwahrlost zurück. Er war dürr geworden, seine Haare waren ausgefallen, auf seinen Armen hatte er Tätowierungen, und er wußte nicht einmal zu sagen, wo er gewesen war.

Rosarius schnappte nach dem Ball, hielt ihn in seinen großen Händen, drehte ihn und sah auf das matschige Ding wie auf eine Kristallkugel. Seine kleinen verkniffenen Augen glänzten. «Gut gemacht, Rosarius, gib her», schrie einer. Rosarius schüttelte den Kopf.

«Komm schon, kriegst ihn ja gleich wieder.» Rosarius brummte, nahm Anlauf und trat gegen den Ball, der hoch in die Luft flog. Und Rosarius sah ihm nach, grinste, klatschte die Hände überm Kopf zusammen, drehte eine tapsige Pirouette, während die Jungs dem Ball nachrannten, der in einer Pfütze aufschlug wie eine fette alte Ente, die landet. Ein Glück, daß er nicht bis zu den Pappeln flog, wo der Sportplatz noch überschwemmt war, wie jedes Frühjahr. Regelmäßig, wie die Furunkel auf dem Nacken von Rosarius kamen, so überschwemmte die Urft die Wiesen, den Sportplatz und einen Teil des alten Bahndamms. Sie kroch unter Stacheldrahtzäunen durch, ließ Grasbüschel und Kisten am Draht hängen, umspülte die Pappeln und floß zwischen die Torpfosten, wälzte sich weiter, träg, trüb, braun, stand in Kellern und Kochküchen, spülte Bisamratten in Speisekammern und Kartoffelsäcke in die Kronen der Uferbäume. Die Jungs konnten dann eine Woche lang nicht auf den Fußballplatz, bis das Wasser sich langsam wieder zurückzog und zuerst das Tor beim alten Gemeindehaus freigab. Ein paar Bohlenbretter führten von dem nun nicht mehr überschwemmten Weg bis zu einem Fenster des Hauses, in dem Rosarius mit seiner Familie wohnte. Die hochgelegten Bohlen dienten während der Überschwemmung als Hauszugang, und alle krochen durch das Fenster ins Haus, nur Rosarius lief durch das Wasser zur Tür. Er war ein gutmütiger, geistig zurückgebliebener junger

Mann, der den Jungs gehorchte, obwohl er viel älter und stärker war als sie. Er war zu dumm zum Arbeiten und Geldverdienen, er taugte zu nichts, außer zum Ballholen und Im-Tor-Stehen. Die Jungs schossen wieder, und der Ball flog bis zum Wasser. Rosarius holte ihn und warf ihn ins Spiel zurück. Er sah nicht, daß seine kleine Schwester auf dem Treppenabsatz stand. Das kleine Mädchen ging vorsichtig die glitschige Treppe hinunter, bis ihre Stiefelspitzen das Wasser berührten, sie stakste zum Schuppen, wo das Wasser immer tiefer wurde und in ihre Gummistiefel schwappte. Sie bekam Angst, schüttelte ihr Bein wie eine Katze, die ins Nasse getapst ist, bewegte sich nicht mehr und weinte. Sie stand zitternd da, wagte sich weder vor noch zurück und rief nach Rosarius. Als Rosarius sie hörte, stand er einen Moment lang wie angeleimt da. Der Ball sauste an ihm vorbei.

«Du bleibst hier», schrien die Jungs. Sie ärgerten sich, daß er den Ball durchgelassen hatte. Rosarius war unschlüssig, was er machen sollte, und als er zu seiner Schwester gehen wollte, schrien sie alle: «Du bleibst hier, schieß den Ball, verdammter Idiot!»

Er sperrte den Mund auf und sah sie an. Sie schrien immer noch. Doch etwas in seinem gutmütigen Gesicht hatte sich verändert, die Jungs waren still, hatten plötzlich Angst. Er machte ein paar Schritte auf sie zu. Seine Schwester rief wieder, und er erinnerte sich, daß er ihr helfen mußte. Er drehte sich um und ging durch das Wasser zu ihr, nahm sie vorsichtig auf den Arm und trug sie zum Haus zurück.

Von Christians Wohnung aus war es nur ein Sprung bis zum Bahnhof und eine gute halbe Stunde Fußweg bis zu den Fischteichen von Malchold. Christian lebte mit seiner Familie seit zwei Jahren in Kall. Sie hatten vorher in Düsseldorf gewohnt und davor in einigen anderen Städten. Christians Mutter hatte sich, kurz nachdem sie nach Kall gezogen waren, von seinem Vater getrennt. Julia, Christians ältere Schwester, war mit ihr nach Endenich gezogen, wo die Mutter mit ihrem neuen Freund zusammenlebte. Christian war bei seinem Vater geblieben. Henry, so nannten sie Christians Vater, stammte aus der Eifel, er wollte, daß seine Kinder dort aufwuchsen, wo auch er seine Kindheit verlebt hatte, er wollte, daß sie wie er durch die Wälder stromerten. Er sagte das einmal bei Arimonds an der Theke, als seine Frau ihn gerade verlassen hatte. Henry schien keine großen Ambitionen mehr zu haben, obwohl er ein kluger Mann war. Er hatte sein Maschinenbaustudium abgebrochen, in der Stadt bei Zeitarbeitsfirmen angeheuert und war ein Jahr lang auf einer Bohrinsel gewesen. Seine Frau hatte mehr von ihm erwartet, sie wollte nicht in einem kleinen Eifelkaff leben. Henry war die ersten Monate, nachdem seine Frau ihn verlassen hatte, niedergeschlagen und jeden Tag betrunken. Er kam in dieser Zeit oft zu Arimonds in die Gaststätte, saß an der Theke, erzählte, daß er sich lange falsch eingeschätzt habe, er wäre krank geworden, wenn er in der Stadt geblieben wäre. Seit Henry in Kall wohnte, arbeitete er im Holzhandel an der Straße nach Sötenich. Er stand in der Woche um fünf Uhr morgens auf, frühstückte und ging zur Arbeit. Wenn Leo mit dem Bus zur Schule fuhr, sah er Henry. Er bediente die Greifarme, mit denen Fichtenstämme auf das Förderband gehoben wurden.

Das Förderband transportierte die Stämme zum Sägewerk und zum Holzhobel. Überall auf dem großen Platz beim Bahnhof lagerten Fichten- und Buchenstämme, die im Winter geschlagen worden waren. Bei der Quersäge lagen aufgetürmte Stämme, dahinter befanden sich große Sägemehlboxen. Manchmal wehte das Mehl zum Fluß, senkte sich aufs Wasser, auf dem es sich vor dem Wehr zu einem großen Teppich zusammenfügte. Nach der Schule trafen sich die Freunde in der Cafeteria des Supermarktes, sie gingen zu Christian nach Hause, um an einer Armbrust zu basteln. Da Christians Vater kein Auto hatte, war genügend Platz in der Garage, sie konnten ihr Werkzeug einfach liegenlassen. Henry kam nach Feierabend, sah ihnen eine Weile zu und gab ihnen Tips. Er hatte geduscht und die nassen Haare nach hinten gekämmt, so daß man die lichten Stellen an seinem Hinterkopf nicht sehen konnte. Sie hatten die Armbrust fertig und schossen auf einen Pappkarton. Henry war plötzlich verschwunden, ohne daß die Jungen es bemerkt hatten. Als sie später in die Wohnung kamen, saß er mit einer Frau am Küchentisch. Sie hieß Lydia und arbeitete im Friseurladen von Delamot. Sie hatte halblange krause Haare, über der Lippe eine kleine rosafarbene Hautwarze. Ihr Bruder war ein Künstler, der in einem Bauwagen beim Westschacht lebte. Henry berührte über den Tisch hinweg Lydias Hand und zog seine Hand zurück, als die Jungen in die Küche kamen. Christian ging zum Tisch und schmierte Butterbrote. Sein Vater redete mit Lydia, als wären sie sehr vertraut miteinander. Henry fragte die Jungen, was sie vorhätten, und Christian sagte, daß sie sich Videos ansehen und später die Armbrust noch einmal ausprobieren wollten. Henry ließ sich die Armbrust zeigen, begutachtete sie, lobte die Jungen und sagte, daß er seine erste Armbrust mit den Blattfedern eines R4 gebaut hätte. «Wieso baut ihr solche Dinge?» fragte Lydia. «Das machen alle richtigen Männer in dem Alter», sagte Henry lachend. Er half Lydia in den Mantel. Sie gingen zum Bahnhof und fuhren nach Köln ins Kino. Vor einiger Zeit hatten die Kaller Lichtspiele zugemacht, in den Räumen hatte sich ein Insolvenzhandel angesiedelt. Die Jungen gingen am Abend mit der Armbrust zu Malcholds Fischteichen. Sie versuchten, damit Forellen zu schießen, aber die Armbrust funktionierte noch nicht präzise genug. Als sie wieder in die Wohnung kamen, war Henry noch nicht zurück. Sie sahen die Sportschau, irgendwann rief Christians Mutter an. Sie hatte lange nichts mehr von sich hören lassen. Zuletzt war sie in den Sommerferien mit Julia in Kall gewesen. Christian klang gelangweilt, als er mit seiner Mutter sprach. Als sie noch bei ihnen lebte, hatte sie alle Zimmer mit Stoffen für ihre Patchworkdecken belegt, selbst im Flur hatte sie Stoffmuster liegen, aber es war nie eine Decke entstanden. Sie wollte Henry sprechen, sagte, daß sie den ganzen Abend versucht habe, ihn zu erreichen. Sie erzählte, daß Julia nicht mehr zur Schule gehen wolle und Leute kennengelernt habe, die Drogen nähmen, daß sie unbedingt aus der Stadt heraus müsse. Zwischendurch fragte sie mehrmals, wann Henry zurückkomme. Julia schrie im Hintergrund, daß sie nicht in diese Scheißeifel wolle. Es war schon nach Mitternacht, als Henry zurückkam. Die Freunde waren gegangen. Christian wurde wach, als sie die Wohnungstür öffneten. Er hörte seinen Vater flüstern. Sie gingen in die Küche, um etwas zu essen, dann ins Schlafzimmer. Christian hörte Lydias Stimme. Christian konnte nicht mehr einschlafen, er machte Konstruktionszeichnungen für die Armbrust und nahm sich vor, am nächsten Tag Blattfedern vom Schrottplatz zu besorgen. Dann klingelte das Telefon erneut, und er hörte, wie sein Vater mit seiner Mutter sprach. Dann redete er mit Lydia. Er sprach leise und eindringlich auf sie ein und versuchte sich zu entschuldigen. «Ich dachte, daß du sie nicht mehr liebst», sagte sie.

«Ich dachte es auch.» Es schien, als würde sie weinen. Jemand stand auf und ging durch das Zimmer und öffnete das Fenster. «Ich gehe jetzt besser», sagte Lydia. Christian hoffte, daß sein Vater sie bitten würde zu bleiben. Aber er sagte nichts mehr. Kurz darauf verließ Lydia die Wohnung. Am nächsten Morgen saß Henry in der Küche und sah im Fahrplan nach den Ankunftszeiten der Züge.

Martin spannte seine Armbrust, indem er sich auf die Bogenmitte stellte und die Drahtsehne mit aller Kraft hochzog. Der Bogen bestand aus mehrfach miteinander verleimten Latten eines Sprungrahmens, den er auf dem Sperrmüll gefunden hatte. Endlich gelang es ihm, die Sehne hochzuziehen, bis sie in der Vertiefung einrastete. An der Stelle, an der die Sehne den Pfeil traf, hatte Martin eine Kunststoffummantelung angebracht, damit der Pfeil durch den Aufprall nicht gespalten wurde. Der Pfeil bestand aus Haselnußtrieben, die gerade aus dem Stamm wuchsen. Im Herbst hatte Martin nach solchen Trieben gesucht. Jetzt war es bereits Winter, und es schneite. Seit zwei Monaten arbeitete Martin an der Armbrust. Fast jeden Tag ging er nach der Schule in den Schuppen. Schon einmal hatte er versucht, eine Armbrust zu bauen, es aber aufgegeben, da die Konstruktion noch zu kompliziert für ihn gewesen war. Alle Teile, den Abzugshahn, die Vorrichtung, die das Seil abschnellen ließ, und den Stutzen, hatte er selbst konstruiert. Sein Freund Leo hatte die erste Zeit mitgearbeitet. Jetzt aber kam er nur selten vorbei, stand dann meist nur herum und redete von den Problemen, die er mit seiner neuen Freundin hatte. Durch das Schuppenfenster konnte Martin hinunter zum Haus sehen, zum Küchenfenster, hinter dem seine Mutter arbeitete. Sie hatte viel zu tun, seit Josepha aus der Schweiz zu Besuch gekommen war. Ein paar Tage vor der Rückreise war Josepha bei einem Spaziergang schwindlig geworden, seither hatte sie Schmerzen in der Brust und lag im Bett. Sie war zu krank, um zurück nach Solothurn zu fahren, wo sie seit Jahren alleine lebte. Sie hatte nur zwei Wochen bleiben wollen, und für diese Zeit hatte Martin gern sein Zimmer der Tante überlassen. Aber jetzt war sie schon viel länger da, und Martin schlief noch immer in dem kleinen muffigen Abstellraum neben dem Klo, in dem er nicht einmal seinen Computer anschließen konnte.

Er legte den Pfeil ein und hielt die Armbrust in den Himmel. Die Vorrichtung, die das gespannte Seil hielt, schleifte noch, die Sehne schlug gegen den Pfeil, und der schnellte in den Himmel. Da er jedoch ein wenig gebogen war, drehte er sich um die Längsachse und begann zu schlingern. Doch der Pfeil war nicht das eigentliche Problem, sondern die Spannung des Drahtseils und der Schlag auf das Pfeilende, der die Energie auf den Pfeil übertrug – alles andere waren bloß Feinheiten, keine grundsätzlichen Konstruktionsprobleme. Der Pfeil flog sehr hoch. Martin stellte sich vor, daß er auf seinem Weg Tausende von Schneeflocken durchstach, ehe er sich am höchsten Punkt in einem Bogen herabsenkte. Als Martin über die Wiese ging, um den Pfeil zu holen, fiel ihm ein, daß er den Pfeilschacht einige Millimeter näher am Seilanschlag montieren mußte, um die maximale Kraftübertragung zu erreichen. Er kletterte über den Zaun zur Pferdeweide, ging an der Longe vorbei und fand den Pfeil, zog ihn aus der Erde und rieb die dreckige Spitze an seiner Jeans ab. Er trug eine alte Hose, die er immer anzog, wenn er im Schuppen arbeitete. Der hatte früher als Pferdestall gedient, heute war er mit Gerümpel, Regalen, einem Werkzeugschrank und Gartenmöbeln vollgestopft. Vor dem Tisch, an dem Martin arbeitete, war gerade so viel Platz, daß er sich bewegen konnte. Er legte die Armbrust ab, baute die Abzugsmechanik aus und korrigierte die Einstellungen. Es begann zu dämmern. Im Schuppen gab es kein elektrisches Licht. Martin rollte ein Verlängerungskabel von der Trommel, zog es durch den Schnee bis zur Steckdose an der Hauswand und lief zum Schuppen zurück. Dort hängte er die Lampe an eine Schnur über dem Tisch und arbeitete weiter. Seine Mutter ließ gerade den Kater durch das Küchenfenster hinaus. Eine Weile hockte das Tier auf dem Sims, und in dem Augenblick, als ein Rover in der Einfahrt hielt, sprang der Kater hinunter in den Schnee. Der Arzt kam zweimal am Tag, um nach Josepha zu sehen, morgens, wenn Martin in der Schule war, und kurz vor dem Abendessen. Er hatte mit Martin über den Bau der Armbrust gesprochen und erzählt, daß er in Martins Alter auch an einer Armbrust gebaut habe. Wie immer brachte seine Mutter den Arzt zu Josepha, ließ die Jalousien im Zimmer hinunter und kehrte in die Küche zurück, um das Abendessen zu bereiten.

Nach dem Essen ging Martin wieder zum Schuppen. Es war sehr kalt geworden. Kristalle glitzerten auf dem Schnee, und unter der Schneedecke fiepten Spitzmäuse. Sie hielten keinen Winterschlaf und mußten sich bei der Kälte bewegen, um nicht zu erfrieren. Martin trug einen Pullover, dicke Strümpfe, Snowboardschuhe, eine Basketballmütze und den Parka seines Vaters. Am Schuppen rauchte er eine Zigarette und telefonierte mit Leo. Sie wollten am Wochenende Snowboard fahren. Leos Vater würde sie morgens zum *Weißen Stein* bringen, wo sie den ganzen Tag bleiben wollten. Die Mutter kam in die Küche, um die Spülmaschine auszuräumen, später brachte sie den Abfall zur Mülltonne. Sie stapfte durch den Schnee herbei und erzählte Martin, daß Josephas Sohn endlich angerufen habe.

«Er tut so, als ginge ihn Josepha gar nichts an, er war unverschämt, ich hatte den Eindruck, mich bei ihm auch dafür noch entschuldigen zu müssen, daß ich ihm geschrieben habe.»

«Soll er sich doch um sie kümmern», sagte Martin, «vielleicht macht sie uns auch was vor und ist gar nicht so krank.»

«Du bekommst dein Zimmer schon wieder zurück», sagte seine Mutter. Sie sah ihn an, schüttelte den Kopf und strich ihm durch das Haar, dann fragte sie, ob ihm nicht kalt sei und er nicht ins Haus kommen wolle. Als sie durch den glitzernden Schnee zurückging, tat Martin leid, was er gesagt hatte, er fürchtete plötzlich, daß auch seine Mutter wieder krank werden könnte. Er wollte die Armbrust an diesem Abend noch ausprobieren und alles so weit fertig haben, daß er am nächsten Tag nach der Schule nur noch hinter den Schuppen zu gehen brauchte, um zu schießen. Mühsam spannte er die Armbrust, ließ die Sehne schnellen und fand, daß nun alles in Ordnung sei. Nur am Pfeil mußte er noch arbeiten, er schmirgelte ihn ab und besserte die Flugfedern aus. Es war schon spät, als er ins Haus ging. Seine Mutter hatte den Schlüssel stecken lassen. Nachdem er abgeschlossen hatte, hängte er ihn an das Brett neben der Tür. Im Flur roch es muffig, nach den toten Vögeln, die der Kater manchmal im Haus versteckte und die dort langsam verwesten. Als Martin die Treppe hinaufging, fürchtete er, Josepha könne ihn rufen. Im Bett dachte er nur an die Armbrust, daran, sie zu verzieren, seine Initialen und die von Leo und Christian am Stutzen anzubringen, die Armbrust so zu kalibrieren, daß er auf Ziele schießen könnte. In der Nacht wachte er auf, Josepha stöhnte. Die Mutter war bei ihr, dann war es still, Martin schlief wieder ein. Am Morgen war er so müde, als hätte er gar nicht geschlafen, und wollte nicht aufstehen. Als er endlich nach unten kam, schimpfte seine Mutter.

«Warum stehe ich eigentlich auf, um Frühstück zu machen, wenn du doch nur alles hinunterschlingst!» Der Kater saß nicht wie sonst auf der Fensterbank, sondern lag oben bei Josepha. Es hatte die ganze Nacht geschneit. Martin lief zur Bushaltestelle. Er hatte seinen Walkman dabei, die Kopfhörer auf und hörte Musik. Er wartete an der Haltestelle und hoffte mit den anderen, daß der Bus irgendwo im Schnee steckengeblieben wäre und sie wieder nach Hause gehen könnten. Als der Bus kam, war er so voll, daß sie stehen mußten, die Fenster waren beschlagen, und sie sahen nicht, wo sie entlangfuhren. Martin erzählte Leo, daß er die Armbrust endlich fertig habe. Leo versprach, am Nachmittag vorbeizukommen.

Als Martin von der Schule nach Hause kam, war gerade ein Schneepflug durch die Gasse gefahren, die von der Dorfstraße an einem Bauernhof vorbei zu ihrem Haus führte. Das Tor des Pferdestalls stand auf, der Nachbar holte die Pferde aus den Boxen. Es waren große Schecken, die bei Hochzeiten vor die Kutsche gespannt wurden. Auf der Weide lag der Schnee zu hoch für die Pferde, sie wurden an die Longe geschirrt und mußten im Kreis laufen. Mutter war bei Josepha, sie sprach sehr leise, es hörte sich so an, als würde sie beten. Einen Moment wollte Martin zu ihnen gehen, aber er fürchtete, seine Armbrust nicht mehr ausprobieren zu können, wenn er einmal bei ihnen gewesen war. Er wollte sofort zur Tante gehen, nachdem er seinen Pfeil abgeschossen hatte. Leise holte er die Armbrust. Als er die Treppe hinunterging, flüsterte seine Mutter mehrmals Josephas Namen. Draußen wehte Schnee vom Schuppendach, es schneite winzige Krümel, und der Nebel war an Bäumen und Sträuchern gefroren. Martin spannte die Armbrust, es ging viel leichter als am Abend, so als wäre er über Nacht stärker geworden. Dann prüfte er den Pfeil, der ihm vollkommen gerade erschien, und legte ihn in den Abschußschacht. Er stapfte durch den hohen Schnee zur Mitte der Wiese. Die Zaunpfähle waren verweht. Die Pferde gingen an der Longe, der Motor, der die Longe antrieb, schnarrte, wenn die Pferde standen. Manchmal ruckte eines der Pferde, und das Gestänge klapperte. Martin prüfte den Pfeil im Schacht, er glitt reibungslos. Er hielt die Armbrust fast senkrecht in den Himmel und bedauerte, daß Leo nicht dabei war, konnte aber nicht auf ihn warten. Er mußte den Pfeil jetzt abschießen. Es war ein guter Pfeil, es würde schwer sein, nochmals einen so geraden und glatten Pfeil zu finden. Er hörte das Surren der Sehne und den Aufprall auf dem Pfeil, der den Schaft so schnell verließ, daß er ihn gar nicht wahrnehmen konnte, und nun suchte er ihn am Himmel und schaute für einen Moment auf das Fenster seines Zimmers, in dem gerade Josepha starb.

Magenas Mann war wegen Kreditbetrug im Gefängnis. Er hatte Schecks gefälscht und mit dem Geld an der Börse spekuliert. Bevor er ins Gefängnis mußte, hatte er getrunken und Magena geschlagen und gedroht, sie umzubringen. Ich wußte nichts von seinen Betrügereien, hatte sie zu Lambert gesagt. Sie waren sich zufällig in einem Bistro in der Innenstadt von Köln begegnet. Magena war eine zierliche Frau mit blassen Lippen und großen Augen. Sie war Lambert gleich aufgefallen, er hatte sich sofort in sie verliebt. Er hatte sie zu einem Kaffee eingeladen, und sie hatten den ganzen Nachmittag miteinander geredet und sich am nächsten Tag wieder getroffen. Magena hatte eine zehnjährige Tochter. Sie mußte damals gerade ihre Stadtwohnung auflösen und den Hausstand verkaufen, um einen Teil der Schulden ihres Mannes zu bezahlen. Das, was sie nicht los wurde und nicht mehr gebrauchen konnte, brachte Lambert für sie zum Sperrmüll vors Haus. In einer Kiste, die er auf den Bürgersteig stellte, lagen Manuskripte, Texte, die ihr Mann geschrieben hatte. Magena sagte, ihr Mann habe früher einmal vorgehabt, Schriftsteller zu werden, und sei ganz anders geworden, nachdem er das aufgeben habe. An diesem Abend hatte Lambert Rückenschmerzen vom Schleppen. Sie nahmen zusammen ein Bad, hatten Kerzen auf ein Regal gestellt und hörten Musik, und Lambert erzählte von einem Haus in der Eifel, ein paar Kilometer außerhalb eines Städtchens. Der Wald reichte bis dicht an den Wintergarten eines ehemaligen Forsthauses mit Stallungen und einer Weide. Einen halben Kilometer entfernt lag ein Aussiedlerhof. Lambert beschrieb das Haus und die Gegend, so gut er sich erinnern konnte, sagte, daß Malchold, der Besitzer, auch Fischteiche habe. Er erzählte, daß er früher, als er noch angeln gegangen war, ein paarmal in dem Haus gewohnt habe. In der Nähe gab es einen Bauernhof, der Reitpferde hatte. Magenas Tochter Sarah war ganz verrückt nach Pferden. Das Badewasser wurde kalt, und sie redeten immer noch. Magena legte den Brausekopf zwischen ihre Schenkel, und das heiße Wasser umströmte sie. Sie hatte den Nacken auf den Wannenrand gelegt, und ihre Haarspitzen hingen im Wasser. Das Wasser war bis zum Rand gestiegen, und sie konnten sich nicht bewegen, weil es sonst übergeschwappt wäre. Lambert hatte den Eindruck, daß Magena ihren Mann immer noch liebte. Doch ein paar Wochen später sagte Magena Lambert, daß sie ihren Mann verlassen werde. Als sie ihm das bei einem Besuch im Gefängnis sagte, versuchte er sich anschließend umzubringen, und er lag monatelang auf der Krankenstation. Als Magena ihn dort besuchte, umklammerte er ihr Handgelenk so fest, daß Lambert später die Druckmale sah. Sie saßen in Lamberts Küche. Magena weinte. Er versuchte, sie zu beruhigen. Seitdem er nach Köln gezogen war, lebte Lambert in einer kleinen Wohnung am Straßenbahndepot. Vom Küchenfenster sah man zu einer Halle hinunter, in der Straßenbahnen repariert wurden. Lambert saß oft nachts am Küchentisch und schrieb an Programmen. Seit fünf Jahren arbeitete er für eine Firma, die Software für Verwaltungen erstellte.

An diesem Abend beschlossen sie, aufs Land zu ziehen. Lambert nahm Urlaub, und sie fuhren in die Eifel. Sie wollten sich das Haus ansehen, von dem er erzählt hatte. Magena saß neben ihm. Sarah schlief auf der Rückbank. Magenas Hand lag auf Lamberts Bein. Sie erzählte ihm, daß ihre Großmutter Indianerin sei und in Frankreich lebe. Die Buchen am Straßenrand trugen nur noch wenige Blätter, auf den Feldern hockten möwenartige Vögel, sie flogen auf, kreisten in Schwärmen über den Feldern und landeten wieder. Lambert dachte an seinen Sohn, von dem er das letzte Mal gehört hatte, als der sein Studium begonnen hatte. Sein Sohn wollte damals Geld für die Kaution einer Wohnung. Aber Lambert konnte ihm nichts geben, er hatte selbst nicht genug. Seither hatte Lambert keinen Kontakt mehr zu ihm. Er dachte, daß er seinem Sohn völlig gleichgültig sei und daß er es nicht anders verdient habe. Als er sich von seiner Frau trennte, hatten sie ausgemacht, daß er sich nicht in die Erziehung einmischen würde. Lambert war damals noch jung, er dachte, Kinder seien nicht wichtig in seinem Leben. Magena summte ein Lied mit, das im Radio lief. Er fand, daß sie eine schöne Stimme habe. Der Sender spielte an diesem Nachmittag nur Lieder, die ihnen gefielen.

«Fahr nicht zu schnell», sagte Magena. Sie hatte Angst beim Autofahren, wollte nicht, daß Lambert überholte. Irgendwann sahen sie ein braunes Schild, auf dem ein Hirsch abgebildet war, darunter stand: *«Willkommen in der Eifel»*. Jemand hatte auf das Schild geschossen und den Hirsch am Hals getroffen. Es war hügelig geworden, die Straße stieg weiter und weiter an, auf den Höhen drehten sich Windräder, deren Flügel lange Schatten auf die Wiesen warfen. Sarah schlief noch. Magena löste ihren Gurt, kniete sich auf den Sitz und beugte sich über die Rückenlehne, um Sarah die Haare aus dem Gesicht zu streichen. Lambert gab ihr einen Klaps auf den Po. Er sagte, daß er als Jugendlicher einmal in einem Landschulheim in dieser Gegend gewesen sei, sie hätten sich Vorträge von Patres über christliche Lebensführung anhören müssen, sie schliefen in Mansardenzimmern, wurden beim

Rauchen erwischt, tobten nachts in ihren Betten und mußten zur Strafe dann im Eßsaal auf dem Boden schlafen. Er fragte sich, warum er sich an manche Dinge erinnerte, als wäre es erst gestern gewesen.

Es dämmerte, als sie zu Malchold kamen. Malchold war ein korpulenter Mann mit wulstigen Lippen, seine Stimme war heiser. Er gab Lambert die Schlüssel und sagte, sie sollten sich das Haus in Ruhe ansehen und den Schlüssel danach zurückbringen. Sie fuhren in ein Tal hinunter, dann über einen schmalen geteerten Wirtschaftsweg. Das Haus lag einsam an einem Buchenwald. Magena mochte die Zimmer, in denen es nach moderndem Laub roch. Im Tal waren verwilderte Fischteiche, deren silbergraue Wasserspiegel man von einem Fenster aus sehen konnte. An den Scheiben klebte Regentropfenstaub.

«Vielleicht sollte ich es hier wieder mit Angeln versuchen», sagte Lambert, als er mit Magena am Fenster stand. Auf den Wiesen hinter dem Weg, über den sie gekommen waren, grasten Schafe.

Während der Heimfahrt sagte Magena, daß sie gerne mit ihm in diesem Haus wohnen würde. Sie lehnte mit dem Kopf an seiner Schulter. Sie malten sich aus, wie das Leben dort sein würde. Es wäre bestimmt vorteilhaft für Sarah, auf dem Land aufzuwachsen. Lambert machte sich keine Sorgen um seine Arbeit, da er genausogut in der Eifel programmieren konnte, er brauchte nur ein Büro und einen Netzanschluß.

Einen Monat später, im Oktober, zogen sie um. Sie nahmen nur die nötigsten Sachen aus der Stadt mit, kauften sich neue

Möbel. Lambert sah von seinem Bürofenster in die Kronen der Buchen. Goldbraune Blätter schneiten herab. Wenn Lambert über technische Probleme nachdachte, spazierte er zu den Fischteichen, sah den Anglern zu und unterhielt sich mit Malchold, der immer über die Reiher schimpfte, die seine Teiche plünderten und deren Abschuß gesetzlich verboten war. Er ging wieder zum Haus zurück, setzte sich an den Computer und arbeitete. Sarah war den ganzen Tag bei den Pferden. Sie mußten darauf achten, daß sie die Schule nicht vernachlässigte. Dann änderte sich die Situation in Lamberts Firma, er mußte herumreisen, Kunden aufsuchen und Anwender schulen. Eines Abends, er arbeitete gerade in Wiesbaden, rief Magena im Hotel an. Sie war aufgeregt. Lambert hatte sie noch nie so ängstlich gehört. Sie sagte, ihr Mann habe angerufen.

«Er hat gedroht, er schrie mich an, daß er kommen würde, um es mir heimzuzahlen. Woher weiß er nur, wo wir wohnen?» Lambert versuchte, Magena zu beruhigen, er versprach, mit dem nächsten Zug zu kommen. Magena sagte, sie höre Geräusche, jemand schleiche ums Haus. Sie hatte sich mit Sarah in seinem Arbeitszimmer eingeschlossen. Dann konnte er nicht mehr mit ihnen sprechen, die Verbindung war unterbrochen.

Als er in Kall ankam, warteten die beiden auf dem Bahnsteig. Lambert umarmte Magena, und dann gingen sie zum Auto, das hinter den Gleisen auf einem Pendlerparkplatz stand. Sarah setzte sich auf den Rücksitz, sie trug eine Reithose, ihr Haar war streng nach hinten gekämmt. Auf dem Feldweg, der zu ihrem Haus führte, trotteten Kühe. Der Bauer trieb sie in den Stall zum Melken. Er schrie und schlug den Kühen den Stock auf die Rippen. Sarah wollte noch zu ihrem Pferd. Lambert fuhr sie zum Bauernhof. Auf dem Hof stand ein wie neu funkelnder brauner Mercedes aus den sechziger Jahren.

«Vincentini ist da», sagte Sarah.

»Wer ist Vincentini?» fragte Lambert.

«Ein alter Mann, der elektrische Akupunkturgeräte verkauft», sagte Sarah, und sie tat so, als müsse jeder wissen, wer Vincentini sei. Sie stieg aus und lief zum Pferdestall. Lambert fuhr mit Magena nach Hause. Sie warteten, bis Sarah kam und zu Bett gegangen war. In der Dämmerung sahen sie Rehe, die aus dem Wald zum Äsen auf die Lichtung kamen. Sie waren sehr scheu, eins blickte zum Haus hin. «Jetzt, wo du da bist, habe ich keine Angst mehr», sagte Magena. Sie schliefen miteinander, standen auf, duschten sich und legten sich wieder hin. Magena redete im Schlaf, manchmal schrak sie auf und hatte doch Angst. Lambert nahm ihre Hand, um sie zu beruhigen. Dann kamen wieder die seltsamen Geräusche aus dem Wald, aber es waren nur Wildschweine, die sich aus dem dichten Wald wagten und im Boden nach Bucheckern wühlten.

Henry kam am Samstagmorgen, als seine Frau zum Einkaufen in die Stadt gefahren war. Sie wollte eigentlich längst zurück sein. Er stand pünktlich vor der Wohnung, früher war er nie pünktlich gewesen. Henry wollte mit seinem Sohn angeln fahren, in die Gegend, in der er eine Zeitlang mit seiner Familie gewohnt hatte und in der sie, wenn auch nur eine kurze Zeitlang, glücklich gewesen waren. Aber vielleicht bildete er sich das auch nur ein, vielleicht war er der einzige, der dort glücklich gewesen war. Er hatte über ein Jahr im Ausland gearbeitet und war nun plötzlich wieder da. Ihm schien nicht klar zu sein, daß sein Sohn Christian in dieser Zeit erwachsen geworden war. Christians gepackter Rucksack und das Angelzeug standen bereits im Flur. Henry hatte sich den Fuß verletzt, er hatte einen Arbeitsunfall gehabt, war mit dem Fuß in ein Walzenwerk geraten. Er habe Glück gehabt, daß man die Maschine im letzten Moment noch abschalten konnte, sonst wäre er platt wie eine Flunder, sagte er lachend zu Christian. Henry hatte nach dem Unfall lange im Krankenhaus gelegen, der Nagel, mit dem sie den Knochen gerichtet hatten, wurde vom Gewebe nicht angenommen, die Wunde brach immer wieder auf und wässerte. Er wartete ungefähr eine Stunde mit Christian im Wohnzimmer auf seine Frau. In der vergangenen Zeit hatte er hin und wieder mit ihr telefoniert, Gespräche, bei denen es allerdings nur um Unterhaltszahlungen für Christian und seine Schwester gegangen war. Christian wohnte, seit er ins Ausland gegangen war, wieder bei seiner Mutter. Henry saß auf der Couch, sah sich in der Wohnung um, und es schien ihm, als sei es immer noch die Wohnung, in der er lange mit seiner Frau gelebt hatte. Aber sie waren so oft umgezogen, hatten sich getrennt und waren wieder zusammengekommen. Während Henry wartete, klingelte eine Nachbarin. Sie brachte Zeitschriften zurück, die sie sich ausgeliehen hatte. Als Christian zur Tür ging, humpelte Henry zum Sekretär, auf dem eine kleine Fotografie seiner Frau stand, er betrachtete die Fotografie und steckte sie in seine Jackentasche. Die beiden warteten noch eine Weile, sprachen über Christians Schwester Julia, die bereits studierte, über die Schule und Doktor Hergarten, Christians Chemielehrer, der ein Schulfreund von Henry war und im letzten Jahr mit seinem selbstgebauten Sportflugzeug abgestürzt war. Irgendwann rief Henrys Frau an, sie sagte, daß sie aufgehalten worden sei und viel später kommen werde, daß sie nicht warten sollten.

Während der Fahrt in die Eifel hörte Christian Musik, er hatte keine Lust, sich mit seinem Vater zu unterhalten, auch keine Lust zum Angeln, er hatte sich wieder an das Leben in der Stadt gewöhnt. Sein Vater fuhr einen alten dunkelblauen Mercedes-Kombi, auf dem Rücksitz lagen ihre Rucksäcke, Zelte, hohe Stiefel, Grund- und Spinnruten, mit denen sie Hechte fischen wollten, eine Fliegenrute und eine alte Korbtasche, die noch von Christians Großvater stammte. Als Henry anhielt, um eine Anhalterin mitzunehmen, mußten sie Zeug in den Kofferraum legen. Das Mädchen verstaute ihren Rucksack und eine Isomatte neben sich auf dem Rücksitz. Sie trug eine gehäkelte Wollmütze, hatte dünnes blondes Haar und ein kleines silbernes Piercing im Nasenflügel. Sie wollte zur belgischen Grenze und redete vom Bauernhof ihres Onkels. Im Rückspiegel sah Christian, daß sie auf ihren Haarspitzen kaute. Sie hatte ein schmales Gesicht und helle blaue Augen. Sie redete von ihrer älteren Schwester, ihrem Bruder und ihrer Mutter, die in Indien in einem Kloster lebte. Christian war zwischendurch eingeschlafen. Als er wach wurde, standen am Straßenrand große Windkrafträder, und das Mädchen fragte ihn, was er für Musik höre. Sie waren in der Voreifel angelangt, fuhren durch ausgedehnte Maisfelder, kamen in Industriegebiete, die Straße stieg immer weiter an, in der Ferne lagen bewaldete Berge. Christian gab dem Mädchen die Kopfhörer nach hinten. Sein Vater erzählte, daß man vor kurzem Luchse in den Urftwäldern ausgesetzt habe und daß man einen Nationalpark aus der Gegend machen wolle. Dann sahen sie ein Schild mit einem Hirsch darauf, dem jemand im Vorbeifahren in den Hals geschossen hatte. Sie fuhren über einen zugewachsenen Weg an der Urft entlang bis zu einer Wiese, wo der Fluß einen weiten Bogen machte. Sie konnten etwa zehn Kilometer flußauf- und -abwärts angeln. Der Flußlauf war an manchen Stellen zugewachsen. Sie bauten ihre Zelte auf, während das Mädchen auf einem umgestürzten Baum beim Fluß hockte.

«Wir nehmen sie bis zur Schnellstraße mit, wenn wir zum Supermarkt fahren», sagte sein Vater. Als sie die Zelte aufgebaut hatten, fuhren sie zum Bauern, dem die Wiese gehörte. Henry unterhielt sich eine Weile mit dem Bauern, sie kannten sich von früher. Als er wieder im Auto saß, sagte er:

«Ich würde gern wieder hier wohnen, deine Mutter hat nie hierher gewollt. Es sind manchmal nur ganz kleine Dinge, die etwas kaputtmachen.» Das Mädchen saß noch im Wagen, sie redete von ihren Geschwistern, die irgendwo auf einem Hof an der belgischen Grenze lebten, von ihrem Bruder Gerhard, der ungefähr in Christians Alter war. Sie stieg an der Schnellstraße aus und setzte sich an den Feldrand hinter dem Straßengraben. Die Schierlingsdolden riß sie ab, die neben ihr wuchsen, warf die weißen Dolden in den Graben. Christian sah in den Rückspiegel, bis das Mädchen winzig klein geworden war. Sein Vater sagte, daß er den Eindruck habe, daß das Mädchen gar nicht wisse, wo es hinwolle. Sie fuhren zum Supermarkt, kauften Lebensmittel und zwei Flaschen Schnaps. Sie fuhren über die Landstraße, neben der die Urft floß, irgendwann schimmerte das Wehr zwischen den Zweigen, dicht über dem Wasser flogen Schwalben. In der Zeit, in der Christian hier gelebt und sein Vater im Sägewerk gearbeitet hatte, war er mit seinen Freunden oft zum Wehr gegangen. Aber er wollte weder Leo noch Martin wiedersehen. Er ärgerte sich, daß er überhaupt mitgefahren war. Hinter dem Zementwerk bogen sie auf einen Feldweg, fuhren über eine kleine Brücke, die für Landmaschinen gebaut worden war, und hielten schließlich vor einer Bahnschranke. Christian stieg aus, drückte einen Hebel an der Sprechanlage und bat den Bahnwärter, die Schranke zu öffnen. Dann fuhren sie langsam über einen holprigen Weg zwischen Feldern, vor der Frontscheibe tanzten Zitronenfalter und Kaisermantel, einige flatterten ins Wageninnere. Der Weg entfernte sich vom Fluß, kam dann wieder in einem großen Bogen zu ihm zurück, und dann waren sie plötzlich direkt am Zeltplatz. Sie wärmten eine Dose Ravioli auf einem kleinen Gaskocher, blieben am Auto sitzen und hörten Radio und aßen die Ravioli mit frischen Brötchen, die sie in der Bäckerei des Supermarktes gekauft hatten. In den Nachrichten berichtete man von Überschwemmungen, ganze Landstriche standen unter Wasser, die Fluten schwemmten Brücken weg und rissen nahe am Fluß gelegene Häuser mit sich. Hier merkten sie nichts davon, die Urft war ein stiller Fluß. Sie sahen ihn zwischen Zweigen schimmern, hörten, wie das über die Stromschnellen gleitende Wasser gluckste, hörten das Springen der Äschen und Forellen in der Dämmerung. Sein Vater hatte Schmerzen im Bein und leichtes Fieber. Er humpelte zum Fluß, befeuchtete ein Handtuch, um damit sein Bein zu kühlen. Als er zurückkam, schluckte er Tabletten und trank dazu Schnaps. Als er betrunken war, erzählte er von Schatten aus dem Steinbruch, so als wären sie ihm am Ufer begegnet. Myriaden Glühwürmchen schwebten um sie herum, und Grillen zirpten. Als Henry ins Zelt kroch, hatte er die Flasche Schnaps leer getrunken. Er hatte von Christians Mutter geredet, gefragt, ob sie einen neuen Freund habe. Christian kroch ins Zelt und hörte, wie sein Vater sich herumwälzte und im Schlaf redete. Christian konnte erst einschlafen, als sein Vater ruhig geworden war. Mitten in der Nacht wurde er von knackenden Zweigen geweckt. Als er aus dem Zelt kroch, hockte das Mädchen am Feuer. Christian ging zu ihm. Es weinte. Sie sagte nicht, warum. Er ging wieder zum Zelt zurück. Am Morgen sah es nach Regen aus. Aber sein Vater sagte, daß es trocken bleiben würde. Das Mädchen lag neben seinem Zelt. Sein Vater hatte nah am Fluß Feuer gemacht. Er scharrte die Glut mit einem Stock zusammen.

«Ich hab mir gedacht, daß sie wieder auftaucht», sagte er.

«Wieso?»

«Nach dem, was sie mir alles im Auto erzählt hat, während du geschlafen hast.» Sie spießten Würstchen auf einen Stock und brieten sie und rösteten Brot. Sein Vater blickte den Fluß hinauf, wo Schwarzerlen ihre Äste über dem glitzernden Wasser ausbreiteten.

«An der Stelle habe ich damals meine Angel verloren», sagte er. «Es war eine Tonkin-Angel, sie war noch neu, ich ließ sie für einen Moment unbeobachtet, als mein Freund mich rief. Er hatte bei den Bahngleisen einen toten Uhu im Wasser gesehen. Der trieb mit ausgebreiteten Schwingen aufs Wehr zu. Wir wollten ihn aus dem Wasser holen, haben es dann doch nicht gemacht. Wir hatten zuviel Ehrfurcht. Als wir zurückkamen, war die Angel verschwunden. Wir haben sie nie wiedergefunden, obwohl wir den ganzen Tag gesucht haben. Ich habe damals mit Blinkern Hechte geangelt.» Nach dem Frühstück zog sein Vater hohe Stiefel an und watete bis zur Flußmitte hinaus. Er hatte bei jedem Schritt große Schmerzen, und Christian verstand nicht, warum er dennoch ins Wasser ging. Doch als sein Vater die Flußmitte erreicht hatte, schien er keine Schmerzen mehr zu haben. Die Angelschnur schwebte beim Rückschwung durch die Luft. Dicht über dem Wasser wimmelte es von flimmerndem Insektenstaub. Christian sah, wie sein Vater die Schnur wieder meterweise heranzog, dann im Viererrhythmus mit weitem Schwung den Köder auswarf und so langsam dem Fluß folgte, als wäre er ein Teil von ihm geworden.

Als sein Vater am Abend zurückkam, war das Mädchen weg. Sie hatte ihnen ein paar Sachen geklaut, einen Büchsenöffner, den Griff einer Angel und die zweite Schnapsflasche. Sein Vater brachte den Angelkorb voll Forellen mit, er nahm den Korb ab, setzte sich erschöpft auf die Uferböschung, und Christian zog ihm die Stiefel aus. Unter dem Verband erschien seine Haut wie nasses Papier. Er hatte große Schmerzen. In der Nacht bekam er Fieber und redete wirres Zeug. Er holte die Fotografie aus seiner Angelweste, betrachtete seine Frau und begann zu weinen, er wolle zu ihr fahren. Aber sie kamen nur bis zum nächsten Krankenhaus.

Als Frau Arimond am späten Nachmittag Delamots Friseurladen betrat, empfing der sie mit übertriebener Höflichkeit, küßte ihr die Hand, machte eine tiefe Verbeugung und sagte, daß sie schöner und schöner würde, keine seiner Kundinnen hätte so wundervolle kastanienrote Haare. Er begleitete sie zum Damensalon, der auf der anderen Seite des Flurs lag, und erkundigte sich bei seinem Personal nach Lydia.

«Sie macht eine Hochzeitsfrisur», sagte ein Lehrmädchen.

«Immer wenn man sie braucht, ist sie nicht da», schimpfte Delamot, «dann müssen Sie wohl mit dem Maestro höchstselbst vorliebnehmen.» Delamot verschränkte die Finger ineinander und ließ sie knacken.

«Darf ich bitten, Gnädigste.» Delamot grinste über das ganze Gesicht, so daß man seine Goldzähne blinken sah. Er war wirklich froh, Frau Arimond noch mal zu sehen. Man erzählte sich die letzte Zeit allerhand über die Familie. Einige unschöne Dinge, die zwischen dem Ehepaar vorgefallen waren. Über Herrn Arimonds Eifersucht, Delamot wußte nicht genau, ob er wirklich Grund dazu hatte. Aber er dachte, daß man bei einer solchen Frau immer auf der Hut sein müsse. Er hatte gehört, daß sie die Gaststätte nicht weiterführen wollten. Delamot säuberte mit einem eleganten Tuchschlag den Sitz und bat Frau Arimond, Platz zu nehmen. Im Frisiersalon waren nun alle Stühle besetzt. Lehrmädchen wuschen Haare oder drehten Lockenwickler ein. Delamot legte Frau Arimond den Kittel um, fuhr mit gespreizten Fingern durch ihr dickes Haar, das den herben Geruch roter Haare hatte.

«Wunderschönes Haar, Sie wollen es doch nicht etwa abschneiden lassen?» fragte er.

«Woher wissen Sie das?» Frau Arimond erschrak ein wenig. Delamot konnte es im Spiegel sehen.

«Erfahrung, gnädige Frau, Erfahrung, ich sehe das meinen Kundinnen an, irgend etwas ist anders an ihnen, eine Veränderung oder die Hoffnung auf eine Veränderung. Ich könnte auch sagen, daß ich es Ihren Haaren ansehe.» Delamot hob einige Strähnen an, prüfte sie und ließ sie hinunterfallen.

«Überlegen Sie sich, ob Sie das wirklich wollen. Ich würde Ihnen eine Frisur zaubern.»

«Ich hab's mir überlegt, mein Entschluß steht fest», sagte Frau Arimond schmunzelnd. Delamot kam seit der Beerdigung von Lejeune nicht mehr regelmäßig zu Arimonds, jetzt hatte er ein schlechtes Gewissen. Eine traurige Sache, wie man seinen Freund Lejeune mit offener Hose im Kino gefunden hatte, er war in den Sessel hineingerutscht, und man hatte ihn nach der letzten Vorstellung übersehen, er lag die ganze Nacht im Kino. Seine Familie hatte seinen Abstecher ins Kino zu verheimlichen versucht. Es half nichts, alle Welt redete auf der Beerdigung davon, selbst der Pastor konnte sich bei seiner Grabrede eine Bemerkung über den Verfall der Sitten nicht verkneifen. Delamot war ein seltsamer Kauz, wußte über alles und jedes in der Gegend Bescheid, er konnte aus den Haaren die Geheimnisse der Leute ablesen, wühlte in ihnen herum, roch an ihnen und untersuchte sie auf feinste Veränderungen. Er hatte auch Lejeune frisiert und rasiert, bevor sie ihn beerdigten. Ganz Kall und Umgebung waren bei der Beisetzung zugegen gewesen.

«Wenn Sie unbedingt die Haare kurz geschnitten haben wollen, ich widerspreche nicht, obwohl ich meine Arbeit unter Protest machen werde», sagte Delamot. Er winkte einem

Lehrmädchen, das Frau Arimond die Haare wusch. Frau Arimond hatte die Augen geschlossen, ihr Kopf lag im Nacken, das Mädchen faßte sanft ihre Haare zusammen und benetzte sie mit lauwarmem Wasser, dann massierte sie Shampoo ein. Um Frau Arimond herum waren das Schnattern der Scheren, Gespräche und das Schnurren der Trockenhauben zu hören. Delamot ging zum Fenster, verschränkte die Hände auf dem Rücken, wippte auf den Schuhspitzen und sah auf die Straße. In den letzten Jahren hatte sich einiges im Ort verändert. Viele Geschäfte hatten sich außerhalb des Kernortes im Industriegebiet angesiedelt. Es gab auch Konkurrenz für ihn, ein modernes Friseurgeschäft hatte aufgemacht. Delamot dachte in letzter Zeit daran, sich zur Ruhe zu setzen. Während er nach draußen sah, senkte sich die Bahnschranke, Autos stauten sich bis zum Geschäft. Er hatte so viele Erinnerungen, er fürchtete, irgendwann an all diesen Erinnerungen zu sterben. Delamot kannte Frau Arimond schon als kleines Mädchen, war in seiner Jugend hin und wieder in der Gaststätte ihrer Eltern in Prüm gewesen, es hatte sie beide aus der Südeifel nach Kall verschlagen. Er dachte daran, wie die Familie Arimond vor fast sieben Jahren nach Kall gezogen war. Leo war damals noch ein Junge gewesen, er sah ihn jetzt manchmal mit Freunden am Laden vorbeilaufen. Denen hätte er die Haare gerne mal kurz geschoren. Mit einem Möbeltransporter, in dem ihre ganze Habe war, kamen sie damals aus der Eifel herauf. Hatten davor in einigen Ortschaften eine Gaststätte gepachtet. Die Spatzen pfiffen es schon von den Dächern, Tage, bevor sie kamen. Frau Arimond und Leo saßen im Führerhaus neben dem Fahrer. Herr Arimond war vorausgefahren. Sie hatten damals wirklich geglaubt, sie könnten was aus der Gaststätte machen, sie würde ihnen eines Tages gehören. Sie hatten das Anwesen auf Rentenbasis von Höffner gekauft. Es hieß, daß sie ihm, solange er lebte, eine beträchtliche Rente zu zahlen hatten. Auch Delamot hatte mit Lejeune auf dem Gemeindeplatz gestanden, als Herr Arimond die großen Schränke und das Klavier seiner Frau gemeinsam mit dem Möbeltransporteur aus dem Wagen lud und über die Balkonterrasse ins Haus bugsierte. Die erste Zeit lief das Geschäft nicht schlecht. Alle kamen aus purer Neugierde, wußten genau, daß Höffner auch die Arimonds hereinlegen würde. Die waren nicht die ersten, mit denen er das machte. Höffner kassierte am Ende immer die bereits geleistete beträchtliche Anzahlung und bekam das Anwesen zurück. Höffner war ein gerissener Glatzkopf, er hatte schon damals keine Haare mehr, als er kurz vor Kriegsende in Kall auftauchte und einen Leiterwagen hinter sich herzog, auf dem Ballen mit Fallschirmseide lagen. Er kehrte bei Kathi ein, als hätte er einen untrüglichen Instinkt für das richtige Versteck gehabt. Er heiratete dieses verhärmte Wesen, das einsam hinter der Theke stand, als er das Lokal betrat. Niemand wußte, wie Höffner tatsächlich hieß und was er vorher gemacht hatte. Während Delamot nach draußen auf die triste Ortschaft sah, zogen Zeiten und Begebenheiten durch seine Erinnerung. Als er sich umdrehte, waren Frau Arimonds Haare gewaschen, sie schien zu schlafen, er weckte sie behutsam. Aber sie erschrak dennoch, wußte einen Moment nicht, wo sie war.

«Haben Sie schön geträumt?» fragte Delamot. Unter dem Kittel hob und senkte sich ihre Brust, er hatte mitunter, wenn er an der Theke saß, einen heimlichen Blick auf ihren Ausschnitt geworfen, dachte jetzt an die Sommersprossen auf ihrer weißen Haut, dort, wo die Hügel sanft anstiegen. «Dann wollen wir mal», sagte er. Er betrachtete Frau Arimonds Gesicht im Spiegel. Auch an ihr waren die Jahre nicht spurlos vorübergegangen, sie hatte Krähenfüßchen um die Augen, ihr Gesicht war nicht mehr so unbeschwert wie früher, aber sie hatte immer noch den weichen, hellen Flaum im Nacken. Seit Lia, ihre Haushaltshilfe, vor ein paar Wochen verschwunden war, mußte Frau Arimond alles alleine machen. Leo half ihr hin und wieder, aber man weiß ja, wie die Jungen in dem Alter sind. Haben nichts anderes im Kopf, als herumzustromern. Malchold hatte die Jungen einmal an den Fischteichen erwischt, als sie mit ihrer Armbrust Forellen geschossen hatten. Delamot redete mit Frau Arimond über ihren Sohn. Sie sagte, daß er, wenn er die Schule abgeschlossen habe, weggehen werde.

«Kann's ihm nicht verdenken, wer will schon für immer hierbleiben», sagte Delamot. Er begann, ihre Haare zu kürzen und verzog dann jedesmal das Gesicht, als würde es ihm körperliche Schmerzen bereiten, wenn er ein Stückchen, etwa eine Daumenlänge, zwischen Mittelfinger und Ringfinger klemmte und abschnitt. Die Haare schwebten und rieselten auf den Boden, wo Delamot sie heimlich und sehr behutsam mit der Schuhspitze in die Nähe der versteckten Kelleröffnung an der Wand scharrte. Die Haare all seiner Kunden, und das waren über viele Jahre hinweg fast alle Leute aus Kall und den umliegenden Dörfern, schwebten so in den Keller hinab, wo ein riesiger Haarschopf wuchs, der für Mäuse, Blindschleichen, Asseln und anderes Getier die angenehmste Behausung bot.

Frau Arimond war gerade mit dem Linienbus von der Arbeit gekommen, hatte geduscht und zog sich im Schlafzimmer eine frische Bluse an. Leo saß in der Küche, von der aus man direkt auf eine große Terrasse gehen konnte. Die Terrasse befand sich über einem Lager mit alten, unbrauchbaren Küchengeräten und anderem Gerümpel, das ihr Vermieter hortete. Von der Terrasse sah man auf Kall hinunter. Das Städtchen lag in einem Talkessel, ringsumher waren Douglasien- und Fichtenwälder, Felder und Wiesen. Der Himmel war vollkommen blau, es war heiß, und es hatte seit Tagen nicht mehr geregnet. Als seine Mutter in die Küche kam, knöpfte sie sich noch die Bluse zu. Sie sagte, seine Schwester würde nicht mehr nach Hause kommen, seit sie einen neuen Freund habe, der aus einer besseren Familie stamme. «Wahrscheinlich schämt sie sich unseretwegen.» Arimonds hatten die Gaststätte vor einem halben Jahr aufgegeben und waren in eine billige Wohnung umgezogen. Frau Arimond arbeitete seit dem Umzug in einer Werkskantine, und Herr Arimond war auf Montage. Sie hatten seit einigen Wochen nichts mehr von ihm gehört. Frau Arimond hatte auf dem Heimweg von der Arbeit im Supermarkt eingekauft. Plastiktüten und ihre weiße Handtasche standen noch auf dem Küchentisch. Sie war enttäuscht, als Leo sagte, daß er nicht mit ihr zu Abend essen werde, sondern mit seinem Freund Martin etwas unternehmen wolle. Martin hatte gerade den Führerschein gemacht, er kam mit seinem Volkswagen, in den er schon ein paar Beulen gefahren hatte. Frau Arimond hatte immer Angst, wenn Leo mit ihm fuhr, sie war beim Autofahren übervorsichtig, weil sie als junge Frau einmal einen schweren Unfall gehabt hatte. Ein sonderbares Mädchen saß bei Martin im Auto. Sie war nicht aus der Gegend. Sie trug einen weiten, schmuddligen Parka, hatte blondes Haar und hatte ein Piercing im Nasenflügel. Sie hatte hinter Roggendorf bei der Einbuchtung neben der Umspannanlage gestanden und den Daumen rausgestreckt. Martin hatte sie mitgenommen, als er aus Euskirchen kam. Er fuhr schon den ganzen Nachmittag mit ihr herum und wußte nicht, wie er sie wieder loswerden konnte. Die drei fuhren am Abend zur Gemunder Kirmes. Viele aus ihrer früheren Clique kamen dorthin, es war eine Art Tradition, sich dort im Festzelt zu treffen. In dem überfüllten Zelt standen sie an der Theke. Sie studierten jetzt oder leisteten gerade ihren Wehrdienst ab. Vera war auch da, Leo hatte gehofft, sie zu treffen, aber sie hatte bereits wieder einen neuen Freund. Sie ging ihm den ganzen Abend aus dem Weg, er kam nicht dazu, mit ihr zu reden, und trank aus Enttäuschung zuviel. Was das Mädchen während des ganzen Abends gemacht hatte, wußten sie nicht. Vielleicht war sie im Zelt gewesen, oder sie hatte sich sonst irgendwo herumgetrieben. Als sie aus dem Zelt kamen, war sie jedenfalls wieder bei ihnen, und sie setzte sich ganz selbstverständlich ins Auto. Unterwegs merkten sie, daß sie eine puppengroße Figur unter dem Parka verbarg, die sie in der Dorfkirche geklaut hatte. Obwohl es schon spät war, war es immer noch warm, und sie fuhren einfach so durch die Gegend und hörten Musik. Das Mädchen redete wirres Zeug, von einer ihrer Schwestern, die sich aus dem zehnten Stock einer Stadtwohnung gestürzt habe.

«Ein Dreckloch war das, in der Waschmaschine lag bekackte Wäsche, das einzig Eßbare waren Zucker und ein Schaschlikspieß in einem Einmachglas. Sie war total bescheuert», sagte sie. Sie fuhren planlos in der Gegend herum, irgendwann endete die Straße vor einem Maisfeld, Martin fuhr hinein, einfach in das Maisfeld hinein, und mitten im Feld stoppte er.

«Ich dachte, daß es gleich zu Ende ist. Aber das Feld hört nicht auf. Was sollen wir jetzt machen?» sagte Martin. Das Mädchen lachte und fragte, ob sie mit ihr schlafen wollten. «Ich hab das schon oft gemacht, aber ich bin euch wohl nicht hübsch genug.» Martin stieg aus, er lief in dem Feld herum und suchte eine Ausfahrt. Plötzlich war er verschwunden. Das Mädchen küßte Leo. Es dauerte einige Zeit, bis Martin wiederkam, er hatte sich verirrt und kletterte jetzt auf das Wagendach und polterte darauf herum. Dann stieg er ein, sah zu Leo und dem Mädchen nach hinten und sagte, daß er jetzt wisse, wie er fahren müsse. Sie sahen nur Maisstengel, nichts anderes, und Martin fuhr stur geradeaus.

«Irgendwo müssen wir ankommen», sagte er. Das Mädchen redete von ihren Geschwistern, die auf einem Hof an der belgischen Grenze bei einem Onkel wohnten. Dort wollte sie hin. Martin ärgerte sich über die Maiskolben, die gegen die Karosserie schlugen und sie verbeulten. Bis zum Rande war es gar nicht weit, aber es erschien ihnen wie eine Ewigkeit. Sie standen plötzlich auf einer Wiese in der Nähe eines kleinen Sees. Das Mädchen war eingeschlafen, die Heiligenfigur lag neben ihr. Sie hielt ein Taschentuch in ihrer Faust, ihre Finger zitterten. Sie redete im Schlaf mit jemandem. Martin lief zum Seeufer, und Leo folgte ihm. Er setzte sich zu Martin auf den Steg. Von der Mitte der Sees stieg Nebel auf, am Ufer standen hohe Schilfgräser, das Wasser plätscherte leise.

«Sie ist total verrückt», sagte Martin.

«Sie sagt, daß sie ein Kind von mir will, und sie klaut wie eine Elster.»

«Sie schläft jetzt, wir müssen sie irgendwie loswerden, dann bringen wir die Figur wieder zurück.»

«Hat sie von ihren Geschwistern erzählt, die irgendwo bei Hallschlag auf einem Hof wohnen?», fragte Martin.

«Ja, sie sagte, daß ich ihrem Bruder ähnlich sehe.»

Martin schöpfte Wasser und wusch sich das Gesicht.

«Sie hat so viele Dinge erzählt, ich habe ihr nachher gar nicht mehr zugehört.»

«Das Wasser ist noch warm», sagte Martin. Sie zogen ihre Kleider aus und sprangen vom Steg in den See. Aufgeschreckte Enten flatterten, eine Rohrdommel begann zu singen, der Nebel trieb von der Mitte des Sees zum Ufer. Sie wußten nicht, wieviel Zeit vergangen war, als sie an den Steg kamen, wo das Mädchen nun stand. Sie hielt die Madonnenfigur wie ein Baby im Arm und summte ein Lied, das sie noch nie gehört hatten, und sah verträumt auf den See hinaus.

Im Dezember war Gerhard gerade neunzehn Jahre alt geworden. Seine ältere Schwester Liss saß im Zug in die Eifel. Wo seine kleine Schwester sich zu dieser Zeit herumtrieb, wußte er nicht. Er hatte sie das letzte Mal im Sommer gesehen. Sie war mit einer kleinen Kirchenfigur aufgetaucht, die Servatius dann in Belgien auf einem Trödelmarkt verkauft hatte. Auf den Hochlagen war zum ersten Mal in diesem Jahr Schnee gefallen. Liss lehnte am Zugfenster, legte die Stirn an die Scheibe und summte ein Lied. Als der Kontrolleur kam, stellte sie sich schlafend. Er rüttelte an ihrer Schulter und verlangte den Fahrausweis. Da sie keinen hatte, mußte sie in Euskirchen den Zug verlassen. Sie wartete in der Bahnhofshalle auf den nächsten Zug, der bis nach Kall fuhr. Als sie dort ankam, hörte sie Servatius in der Bahnhofskneipe herumschreien. Sie ging zu ihm. Servatius stand an einem der Spielautomaten neben der Theke. Ihr Onkel war ein großer, hagerer Mann mit eingefallenen rotfleckigen Wangen. Er war nicht einmal überrascht, Liss zu sehen, sondern sagte, daß er mit ihr gerechnet habe. Er nahm sie mit zum Hof, als er sich entschlossen hatte, wieder einmal nach Hause zu gehen.

Gerhard hatte seine ältere Schwester seit einem Jahr nicht mehr gesehen. Sie war dürr geworden, ihre blonden Haare waren an den Spitzen gefärbt, sie glich immer mehr ihrer Mutter. Sie hockte auf dem Kanapee, hielt ihre Beine über Kreuz und blickte nach draußen auf den Hof. Sie erzählte die ersten Wochen weder, was sie in der Stadt gemacht hatte, noch, was sie jetzt plante. Der Hof von Servatius lag abseits hinter einem Waldstück in der Nähe der belgischen Grenze. Vor dem Haus standen ein Heuwender und Anhänger mit verrotteten Strohballen, auf denen Gras wuchs. Seit Erna gestorben war, stromerte Servatius herum, saß in Kneipen, trank und palaverte. Solange seine Frau noch lebte, waren sie mit dem Geld ausgekommen. Erna bezog damals eine kleine Rente, Servatius erledigte Aushilfsarbeiten und arbeitete im Sägewerk, nebenbei hielt er etwas Vieh, und Gerhard machte Nachtschichten in der Brotfabrik in Hallschlag. Er hatte gut verdient, bis die Fabrik schloß und man ihm kündigte. Seither hing er nur noch auf dem Hof herum. Er war nicht begeistert davon, daß seine Schwester auftauchte. Liss hielt sich für etwas Besseres, für besonders klug, obwohl sie nicht einmal den Hauptschulabschluß geschafft hatte. Servatius schlurfte im Haus umher und grübelte, wie es weitergehen sollte. Es war ausweglos, sie hatten keinen Cent mehr. Es wurde ein langer, kalter Winter mit Schneestürmen. Ein Teil des Fichtenwaldes an der Straße knickte um, die große Esche im Hof kippte unter der Schneelast dicht neben dem Haus zu Boden. Im Frühjahr wurde es außergewöhnlich warm, die Wiesen waren sumpfig, an den sonnigen Stellen am Waldrand tanzten Mücken. Servatius konnte schon lange keine Rechnungen mehr bezahlen, wenn der Gerichtsvollzieher kam, verschwand er hinterm Haus, und Gerhard mußte den Mann abwimmeln. Servatius saß auf der Bank und behandelte sein Bein mit dem Perseus, einem elektrischen Akupunkturgerät, das er vor Jahren von Vicentini erstanden hatte. Er fuhr mit einer kleinen Walze, an der goldene Nadeln waren, über sein steifes Bein und überlegte. Als Gerhard zurückkam, erzählte er ihm von seiner Idee, Pferde zu stehlen und sie über die Grenze nach Belgien zu bringen, um sie dort auf dem Pferdemarkt zu verkaufen. Gerhard hatte Angst, daß sie erwischt würden. Aber sie mußten etwas tun, die Bank wollte den Hof schon versteigern. Sie fuhren übers Land und suchten Pferde auf abgelegenen Weiden. Nachts war es nicht schwierig, die Pferde einzufangen, sie kamen an den Zaun und ließen sich zum Transporter führen. Liss hatte ein Händchen für Pferde, sie liefen ihr hinterher, dabei behauptete sie immer, daß sie die Tiere haßte. Auf Umwegen brachten sie die Pferde zum Hof. Morgens lief Gerhard dem Postboten entgegen, damit er die Tiere nicht im Stall entdeckte. Donnerstags fuhren sie dann zusammen zum Pferdemarkt nach Belgien. Sie saßen im Führerhaus des Transporters. Servatius erzählte von ihrer Mutter, von ihrer gemeinsamen Jugend auf dem Hof, er sagte, daß er früher schon Pferde mit seinem Vater geklaut habe, es sei nie ein Problem gewesen, über die Grenze zu kommen. Servatius kannte Waldwege, über die sie im Krieg Juden nach Belgien geschleust hatten. Später, nach dem Krieg, hatten sie Zigaretten und Kaffee geschmuggelt. Ein Jahr lang stahlen sie Pferde. Gerhard hatte ein flaues Gefühl dabei und fürchtete, daß sie erwischt würden. Im Herbst waren sie auf einer Weide bei Kall. Von einem Höhenrücken waren sie an einem Steinbruch vorbei ins Tal gefahren. Gerade als sie die Pferde einluden, kam ein Rover den Feldweg runter. Liss stand plötzlich in gleißendem Scheinwerferlicht, sie konnte nicht mehr weglaufen und holte ein weiteres Pferd von der Weide, während der Wagen langsam näher rollte. Gerhard war hinter den Transporter gesprungen, als das Auto neben Liss hielt. Der Fahrer kurbelte die Scheibe runter und fragte etwas. Liss antwortete keck, daß sie die Pferde zum Stall brächten. Der Mann stieg aus. Offensichtlich kannte er den Besitzer, vielleicht gehörten die Pferde auch ihm selbst.

Er war groß und stämmig und trug eine Kappe. Er packte Liss am Handgelenk. Gerhard konnte nicht hören, was er sagte. Als er Liss zum Auto zerrte, kam Gerhard hinter dem Transporter vor und schlug ihm mit einem Knüppel auf Kopf und Nacken. Der Mann ließ Liss aber nicht los, sondern klammerte sich an ihr fest. Gerhard schlug, bis er zu Boden ging. Er lag mit dem Gesicht im Matsch. Blut sickerte aus seinem Mundwinkel, die Augen waren verquollen, und er hatte ein Ohr verloren, es lag neben ihm im Matsch. Liss bückte sich nach dem Ohr, es war ein künstliches Ohr aus Kautschuk. Sie machte es an ihrer Hose sauber. Der Mann rollte sich auf den Rücken, sah sie an und streckte die Hand aus. Liss gab ihm das Ohr zurück. Er kroch ein Stück über die Wiese, versuchte sich aufzurichten und fiel wieder hin. Eines der zurückgelassenen Pferde beschnupperte ihn. Während Gerhard den Transporter zurücksetzte, überlegte er immer noch, woher er den Mann kannte. Er sagte Liss, daß sie wegmüßten. Es dämmerte, als sie zum Hof kamen. Servatius war nicht da. Ohne ihn wäre es gar nicht so weit gekommen, ohne ihn und seine verrückten, vom Suff inspirierten Ideen, dachte Gerhard. Er war nie da, wenn man ihn dringend brauchte. Über die Straße hinter dem Wald fuhren Autos, deren Lichter sich auf den weiten, hügeligen Wiesen zerstreuten. Gerhard befürchtete, daß die Polizei ihnen schon auf die Spur gekommen war. Die Pferde im Transporter schlugen mit den Hinterläufen gegen die Wand. Gerhard klappte die Bracke herunter. Sie brachten die Pferde zum Stall. Es waren große comtoiser Hengste. Im Stall flatterten Fledermäuse, große Abendsegler, sie entwischten durch ein Loch im Dach. Servatius hatte schon vor Jahren versprochen, das Dach abzudichten. Sie brachten die Pferde zu den Boxen und gaben ihnen Heu. Dann gingen sie ins Haus, packten ihre Sachen, holten das Geld aus Servatius' Zimmer, es waren über zehntausend Euro, mit denen er seine Schulden abbezahlen wollte. Sie gingen in die Küche, und Liss stellte das Radio an. Sie sahen Servatius über den Hof kommen, er war fast eine Woche weg gewesen. Die Polizei hatte ihn in eine Ausnüchterungszelle gesperrt, weil er in einer Gaststätte krakeelt und sich geprügelt hatte. Als er sich dem Haus näherte, bemerkten sie einen Sack, den er hinter sich herschleifte. Er brachte immer irgendwelche unbrauchbaren Dinge von seinen Ausflügen mit. Sie liefen zur hinteren Tür. Die Wiesen erstreckten sich bis zu einem Wald. In der Nähe stand eine baufällige Feldscheune, in der sie als Kinder gespielt hatten. Über die Wiese schneiten welke Buchenblätter, an Sträuchern glitzerte Tau. Sie liefen los, kletterten über einen Zaun, rannten weiter und kletterten wieder über einen Zaun. Gerhard hörte Liss hinter sich keuchen, dann hörte er sie nicht mehr und drehte sich um. Liss war stehengeblieben. Sie rief ihm zu, daß sie nicht mehr weiterlaufen wolle.

«Was willst du noch hier?»

«Ich weiß nicht. Ich bleib jetzt hier.» Sie warf den Rucksack über den Zaun. Gerhard nahm ihn und rannte alleine in den Wald, hinter dem irgendwo Belgien begann.

Die Betäubung zeigte noch keine Wirkung, der prachtvolle barocke Hengst wankte nicht einmal, obwohl er schon zwei Spritzen ins Halsfell bekommen hatte. «Das ist nicht normal», sagte Obriges. Er stand mit Guido und dem Tierarzt auf der Weide. Longrich hatte die Praxis von Hyby vor drei Jahren übernommen. Er trug einen grünen Overall, Gummistiefel und holte gerade ein Tuch aus der Hosentasche, mit dem er sich die knochigen Hände abwischte, als Marina zur Weide kam. Sie war im neunten Monat schwanger und watschelte mühsam den Schotterweg hinauf. Vor der Weide standen Schrottautos, ausrangierte Bauwagen, Traktoren, eine Longe, an die Obriges seine Pferde im Winter anspannte. Drei große Kaltblüter, die er vor drei Jahren in Belgien gekauft hatte. Einer graste noch auf der Weide, der Dritte, der Beste, den Obriges für die Zucht eingesetzt hatte, wurde im letzten Herbst von der Weide geklaut. Soweit Obriges sich noch erinnern konnte, waren es Frauen gewesen. Als Obriges auf die Weide kam und auf sie zuging, wurde er von hinten niedergeschlagen. Er kam erst im Morgengrauen im Matsch der zertretenen Pferdewiese zu Bewußtsein, es nieselte, und er war durchnäßt, er wußte nichts mehr, nicht einmal mehr, wer er war, und erst, als er sein Kunststoffohr in der Hand fühlte, begann er sich zu erinnern. Sein bester Hengst war verschwunden. Seit Jahren züchtete er Kaltblüter. Seine Ardenner und Comtoiser arbeiteten als Rückepferde, sie schleppten Baumstämme aus unwegsamem Gelände an den Waldrand. Mit dem Beginn der Motorisierung hatte man diese Pferde nicht mehr gebraucht. Sie waren nur noch billige Fleischlieferanten, bis manche Arten ganz ausgestorben waren.

Als Marina am Zaun ankam, setzte sie sich erschöpft auf einen verrotteten Strohballen, stützte ihr Kinn auf die Hände und sah zu den Männern hinüber. Sie hatte braune glatte Haare und einen sinnlichen, stumpfsinnigen Blick. Auf der Wiese lag Reif, und Tautropfen glitzerten im Gras. Elstern flogen schnatternd über Holunder- und Weißdornbüsche und setzten sich auf den Tränkewagen, der mitten auf der Wiese stand. Guido hielt den Hengst, der mit der Kutsche durchgegangen war, die Kutsche war umgestürzt und hatte Obriges mitgeschleift, wobei Obriges ein Ohr abgerissen worden war, seither trug er ein Kunststoffohr, das rosa war wie ein Schweinehintern, wie seine Frau sagte. Obriges maulte mit Guido, der das Pferd nicht richtig hielt. Aber man konnte Obriges überhaupt nichts recht machen, wenigstens, was Pferde anbelangte. Er schrie grundlos herum – aber von Pferden verstand er was. Guido wußte, es hatte keinen Sinn, auf das Geschrei des Chefs zu antworten, Obriges würde nur noch mehr toben, egal, was er sagte. Guido wollte seine Arbeit nicht verlieren. Er war froh, daß er auf dem Hof leben konnte. Vor ein paar Jahren war er aus Kyllburg, einem kleinen Städtchen in der Südeifel, nach Kall gekommen. Er hatte sich in den Zug gesetzt. Die Bahngleise führten an der Kyll entlang bis nach Gerolstein und begleiteten dann die Urft, bis das Tal sich bei Kall weitete. In Kall war er ausgestiegen, ohne zu wissen, warum. Er wußte bis heute nicht, warum er in Kall den Zug verlassen hatte. Guido sah Marina auf dem Strohballen hocken, sie bohrte mit einem Finger in der Nase und schien durch sie hindurchzusehen. Er zog die Wollmütze über die Ohren, sie hatte in einem der alten Autos gelegen, die er nebenher reparierte. Marina hatte sie gewaschen und die Löcher geflickt. Er trug sie immer bei der Arbeit. Wenn er ins Haus kam, legte er sie auf den Fernseher, sie war dann angenehm warm, wenn er sie wieder anzog. Marina saß den ganzen Tag vor dem Fernseher, seit sie schwanger war. Longrich machte den Vorschlag, mit dem Hengst an eine andere Stelle zu gehen, eine Stelle, an der die Wiese sacht anstieg, so daß sie ihn, wenn er zu straucheln begänne, gegen den Hang ziehen könnten. Er wollte dem Hengst noch eine Spritze geben. Sie gingen dorthin. Guido hielt den Strick kurz, damit der Hengst nicht mit dem Kopf schlug. Longrich lief zum Rover und setzte dem Hengst, als er zurückgekommen war, noch eine Dosis ins Fell. Er tätschelte ihn und sagte: «Bist ein guter alter Junge.»

«Der weiß, daß es ihm jetzt an die Nüsse geht», sagte Obriges. Der Hengst schnaubte, seine Beine knickten ein, sie zogen ihn gegen den Hang, und er schlug mit einem dumpfen klatschenden Geräusch auf den Boden. Longrich holte die Trense aus dem Maul, an den großen gelben Zähnen hing Gras, die Zunge war geschwollen. Er schnaufte und begann gleichmäßig zu atmen. Sie banden einen Strick um den Hinterlauf, zogen den Lauf so weit nach hinten, daß Longrich an die Hoden kam. Es mußte jetzt schnell gehen, die Betäubung würde bald nachlassen. Guido schleuderte einen Eimer Wasser zwischen die Hinterbeine, und Longrich wischte mit seinem Lappen um die Hodenbeutel. Dann machte er einen Schnitt in die Hodensäcke und holte glibberige Bälle heraus. Sie waren milchigweiß und so groß wie Äpfel. Es knirschte, als er die Hoden mit der Zange abtrennte. Obriges sagte, daß man sie den Uhus im Kalksteinbruch geben oder Marina sie braten könne. Marina blickte verständnislos zu ihnen hin. «Ich wette, die weiß nicht mal, was mit ihr los ist.» Longrich warf die Hoden in den Eimer. «Was hast du mit ihr gemacht?» fragte Obriges. Jeder wußte, daß Guido nichts mit Frauen am Hut hatte, er betrank sich immer, wenn irgendwo gefeiert wurde, und am Kirmesabend, als es angeblich passiert sein sollte, war er völlig betrunken gewesen und hatte irgendwo neben dem Zelt gelegen. «Wenn ich den Kerl erwischen würde, würde ich es bei ihm genauso machen», sagte Obriges, und man konnte glauben, daß es ihm ernst damit war. Longrich nähte die Hodensäcke wieder zu, ging zum Tränkewagen, wusch seine Hände und kam zurück. Der Hengst atmete ruhig, auf seinen Läufen glitzerte Schweiß, sein Fell war naß, als hätte er stundenlang Baumstämme aus dem Wald gezogen. Er hob den Kopf, sah sie an und fiel wieder zurück. «Es dauert etwas, bis er wieder zur Besinnung kommt, nehmen wir uns solange den anderen vor», sagte der Tierarzt.

Die Nachbarin ging, als Doktor Lasker kam, er war etwa so alt wie Millis Mutter. Seit Jahrzehnten hatte er seine Praxis in Kall, in einer alten Villa mit hohen Kastanien, die den großen Garten an der Urft überschatteten. Auch Milli war als junges Mädchen bei ihm in Behandlung gewesen. Ein cholerischer Mann, der seine Patienten anschrie, dem man aber nachsagte, daß er ein guter Arzt sei. Als junger Mann war er Tropenarzt im Sudan gewesen, nach einer Malariaerkrankung kam er nach Deutschland zurück, und irgendwie hatte das Schicksal ihn in die Eifel verschlagen. Er brauchte einige Zeit, bis er mit den Leuten zurechtkam, doch er galt auch weiterhin als Sonderling. Doktor Lasker hatte ein schmales Gesicht mit eingefallenen Wangen und geröteten Tränensäcken. Er redete Millis Mutter mit Vornamen an, als wären sie schon lange vertraut. Neben dem Kopfkissen lagen verknüllte Taschentücher, an der Nachtkommode klemmte Millis alte Schreibtischlampe. Das Fenster bedeckten Eisblumen. Eine Stromleitung führte von der Hauswand über den Hof zum Garagendach. Ihr Vater hatte die Leitung gezogen, damit er in der Garage arbeiten konnte. Das Kabel war mit Isolierband an einem Drahtseil befestigt. Seitdem er pensioniert war, arbeitete er jeden Tag in der Garage, er schreinerte Sachen, die niemand gebrauchen konnte. Vor seinem Tod hatte er für jedes Werkzeug kleine Holzkästen gebaut. Krähen flatterten über das Feld. Schnee wehte vom Vestibüldach. Jetzt, da es zu dämmern begann, konnte man die Rehe sehen. Sie verloren im Winter ihre Scheu und kamen nahe ans Dorf. Doktor Lasker saß auf der Bettkante, hielt die Hand ihrer Mutter, streichelte über ihren Handrücken und scherzte mit ihr. Milli erinnerte sich daran, daß ihre Mutter früher häufig bei ihm in der Sprechstunde gewesen war. Einmal hatte sie die beiden von der Urftbrücke aus im Park am Urftufer gesehen. Es war ein Mittwochnachmittag gewesen, an dem Doktor Lasker seine Praxis geschlossen hatte. Sie standen zusammen und redeten miteinander. Aber damals war es Milli egal. Jetzt fragte sie sich, was ihre Mutter an diesem Tag von Doktor Lasker gewollt hatte. Als er mit seiner Untersuchung fertig war, ging er mit Milli nach unten, setzte sich an den Küchentisch und stellte ein Rezept aus. An der Wand hingen Postkarten, Briefe von der Raiffeisenbank, getrockneter vierblättriger Klee, den ihre Mutter bei Spaziergängen gefunden hatte. Milli hatte den Küchenofen und den Ofen oben im Zimmer angemacht, und es war wieder warm im Haus.

«Sie hat nur eine starke Erkältung, aber sie kommt nicht mehr allein zurecht. Du mußt schon noch etwas bei deiner Mutter bleiben», sagte Doktor Lasker. Milli hatte gehofft, gleich wieder nach Hause fahren zu können. Sie ging mit dem Doktor zu seinem alten Mercedes, den er oberhalb der Einfahrt beim Haus des Architekten geparkt hatte. Er stellte seine Tasche auf den Beifahrersitz, klopfte die Schuhe am Holm ab und stieg ein. Milli bedankte sich, daß er gekommen war. Er nickte und fuhr weg. Im Hauseingang stand die Nachbarin. Sie trug jetzt einen Rollkragenpullover, einen Jeansrock und Stiefel. Sie hatte Milli in der Stadt angerufen. Jetzt kam sie über die Straße. Milli sagte, daß es ihrer Mutter besser gehe.

«Ich hätte nicht gedacht, daß der Doktor kommt, er macht sonst überhaupt keine Hausbesuche mehr.»

«Ich muß noch zur Apotheke», sagte Milli.

«Wenn du nach Kall fährst, sei vorsichtig, mein Mann ist gestern abend im Schnee steckengeblieben.»

Ihre Mutter schlief, sie hatte sich zur Wand gedreht und eine Hand unter die Wange gelegt, Speichel rann aus ihrem Mundwinkel. Milli hob schmutzige Wäsche vom Boden auf, nahm sie mit nach unten, steckte sie in die Waschmaschine, spülte und räumte die Küche auf. Ihre Mutter hatte seit einer Woche nichts mehr im Haus getan. Als die Nachbarin sie angerufen hatte, hatte Milli nicht an das Wetter in der Eifel gedacht, in der Stadt war schon Frühling, die Leute saßen in Straßencafés. Sie hatte nicht mit Schnee gerechnet und keine warmen Kleider mitgenommen. Sie zog Mantel und Stiefel ihrer Mutter an und kehrte Schnee von ihrem Autodach. Die Straße führte an einer Kläranlage vorbei, in ein kleines Tal und dann zum Höhenrücken hinauf. Der Wagen schlingerte. Aus dem Wärmetauscher des Zementwerks strömte Rauch. An der Einfahrt zu den Bürogebäuden hing ein Schild mit der Aufschrift «Lafarge Zement». Sie dachte an Braden, der dort arbeitete. Sie fuhr unter der Bahnunterführung in den Ort, holte am Automaten in der Raiffeisenbank Geld, fuhr zur Apotheke und zum Supermarkt. Als sie eingekauft hatte, sah sie Braden in der Cafeteria. Er hockte an einem Tisch am Fenster und blickte zum Parkplatz hinaus. Ein Buch über Versteinerungen und ein Notizheft lagen vor ihm. Braden trug eine Baseballkappe.

«Wir haben uns lange nicht gesehen», sagte sie.

«Ich habe gerade an dich gedacht, und da kommst du an.»

«Ist das schlimm?»

«Nein, gar nicht.»

Sie tranken Kaffee zusammen. Sie erzählte, daß sie nun in Mainz arbeite und solide geworden sei. «Ich war sogar verheiratet, aber das ist schon wieder vorbei. Ich bin wegen Mutter gekommen. Es geht ihr nicht gut.»

Von dort, wo sie saß, konnte sie den Ladeneingang sehen, zu den Kassen und der Elektroabteilung. Auf einem Regal standen Fernsehgeräte, auf den Bildschirmen liefen Sport- und Werbesendungen.

«Ich sehe deine Mutter manchmal, wenn sie zum Einkaufen kommt», sagte Braden. Er stand auf, um an der Bäckereitheke Kaffee zu holen. Sie erzählte und vergaß, daß sie noch Briketts im Baumarkt kaufen mußte. Braden sagte, daß er am Abend vorbeikommen und Briketts mitbringen würde. Es schneite wieder. «Wenn ich jetzt nicht fahre, bleibe ich irgendwo am Berg stecken. Ich hab nur Sommerreifen.» Auf dem Höhenrücken lag Laskers Mercedes im Straßengraben. Er war fast zugeweht. Sie hielt an und lief über die Straße. Als sie die Autotür öffnete, saß Lasker am Steuer, er starrte hinunter auf den weißen Wiesenhang mit den Haselnußbüschen. In seinen blaugefrorenen Fingern hielt er ein Medaillon mit einer Fotografie ihrer Mutter. Als sie bemerkte, daß er tot war, lief sie zu ihrem Auto zurück. Sie brachte es nicht fertig, das Medaillon wieder in seinen Wagen zu legen. Er braucht es jetzt doch nicht mehr, dachte sie. Die Straße war zugeweht, und der Schnee fiel immer dichter. Zu Hause angekommen, verständigte sie die Polizei. Dann ging sie nach oben, gab ihrer Mutter die Medizin und fragte, ob Doktor Lasker dagewesen sei. Die Mutter nickte und lächelte zufrieden. Ihre Temperatur war gesunken. Sie aß ein wenig und schlief bald wieder ein.

Als Milli badete, hörte sie Marder unter dem Dach scharren. Sie dachte, daß ihr Vater einmal das Medaillon gesucht hatte, es war ein Geschenk von ihm gewesen. Mutter hatte gesagt, daß sie es verloren habe. Sie stieg aus der Wanne, wischte über den beschlagenen Spiegel über dem Waschbecken. Auf der Ablage unter dem Spiegel lag eine Haarbürste und Nagelpfeilen und ein Stück Kernseife. Milli fönte ihr Haar und zog einen Bademantel an und ging nach unten. An der Wohnzimmerwand hing dieselbe Fotografie ihrer Mutter, die Lasker in sein Medaillon geklebt hatte. Auf dem Photo waren ihre Haare geflochten und hochgesteckt, sie war ungefähr in dem Alter, in dem Milli jetzt war. Ein Schneepflug fuhr vorbei. Das rotierende gelbe Licht auf dem Wagendach flackerte an der Wand. Sie ging nach oben, öffnete die Tür leise, ihre Mutter schlief. Sie ging wieder ins Wohnzimmer und schaltete den Fernseher an. Selbst in der Stadt schneite es nun. Im Fernsehen sah sie die Bilder von Karambolagen, unter der Schneelast gebrochenen Ästen, die auf den Straßen und Parkplätzen lagen. Sie dachte daran, wie sie früher mit ihren Eltern vor dem Fernseher gesessen hatte und ihr Vater schnarchend auf dem Sofa lag, er wurde nur manchmal wach und sah auf den Bildschirm. Braden fuhr in die Einfahrt. Er stand an der Haustür und nahm seine Mütze ab. Als er endlich kam, trug er die Briketts zum Wohnzimmer. Er schnitt das Stahlband mit einem Seitenschneider durch und legte die Briketts in die Ofenkiste.

«Hast du gehört, daß Doktor Lasker tot ist?» fragte er.

«Ich hab ihn ja gefunden, als ich nach Hause fuhr.» Sie erzählte, daß sie die Polizei benachrichtigt habe und er noch zuvor bei ihrer Mutter gewesen war.

«Wie geht's deiner Mutter?»

«Schon wieder besser, sie schläft.»

Braden setzte sich aufs Sofa und legte seine Mütze auf das Knie. Sie goß ihm Wein ein, und er blickte verlegen auf das Glas in seinen Händen.

«Es hat sich gar nichts verändert, seit ich das letzte Mal hier war.»

Sie erkundigte sich nach Rosarius. Braden sagte, daß er seit einiger Zeit nicht mehr in Kall wohne. «Man sagt, daß er jetzt in Kyllburg ist.»

«Kyllburg», sagte Milli leise. Sie war nur einmal mit der Bahn, auf der Fahrt nach Trier, durch dieses kleine Städtchen gefahren.

«Weißt du, was er dort macht?» Braden zuckte mit den Schultern. Draußen fuhr ein Auto langsam über die zugeschneite Straße, das Räumfahrzeug kam von der Schleidener Höhe zurück. Als Braden an der Haustür stand und gehen wollte, umarmte sie ihn. Sie küßten sich, und dann gingen sie nach oben auf ihr Zimmer. Die Bettdecke war klamm und roch muffig, aber nach einiger Zeit wurde es schön warm. Sie hörte ihre Mutter im Schlaf husten. Draußen wehte ein Sturm immer mehr Schnee heran.

«Vielleicht sind wir morgen zugeweht», sagte Braden.

«Das ist nicht schlimm», sagte sie und schmiegte sich an ihn. Als Braden schlief, stand sie auf. Sie sah aus dem Fenster. Auf den Schneefeldern hinter dem Gartenzaun standen Rehe, sie waren nah ans Haus gekommen. Sie zog einen Pullover an und ging zu ihrer Mutter. Sie hatte kein Fieber mehr, und sie schlief tief und ruhig. Milli legte ihr das Medaillon auf die Nachtkommode.

Die Fischteiche von Malchold lagen ungefähr fünf Kilometer von Kall entfernt zwischen Broich und Frohnrath, in einem kleinen, abgelegenen Tal. Teiche, von denen der kleinste mit Maschendraht eingezäunt war, da Malchold in ihm japanische Forellen züchtete. Sie wurden bedeutend größer als Bachforellen, und ihr Fleisch besaß eine quittenähnliche Farbe. Aus einem Rohr plätscherte das Wasser eines Baches, der im Kermeter entsprang. Einige Kilometer vor Kall mündete der Bach in die Urft. Am Hang vor den Teichen stand ein alter mit Regenbogenforellen bemalter VW-Bus, in den Malchold ein Aquarium eingebaut hatte, um auf Märkten lebende Fische anbieten zu können. Nicht weit vom Ufer entfernt war ein Bauwagen aufgebockt, in dem Malchold sich aufhielt, wenn an den Teichen viel zu tun war. Er pflegte in einem Sessel im Bauwagen zu hocken und seine Zigarren zu rauchen, bis er vom Qualm eingenebelt war. Gerade als er seine Jacke anzog, um das Haus zu verlassen, hörte Malchold das Telefon klingeln. Aber er ging nicht an den Apparat, er wollte mit niemandem sprechen, auch nicht mit Leo Arimond. Malchold lief hinunter zu seinen Teichen, blieb am Ufer in der Nähe des Wasserzulaufs vom oberen Teich stehen und schoß sich mit einem Revolver in den Mund. Er war sofort tot, sein massiger Körper kippte nach vorn und klatschte in das kalte Wasser. Dann war es wieder still im Tal, die Wellen schwappten ans Ufer, und bald kräuselte sich das Wasser wieder, als wäre nur ein Stein in den Teich gefallen.

Nachdem Leo sich mit Martin zum Angeln verabredet hatte, rief er bei Malchold an, um ihm zu sagen, daß sie am Morgen kommen wollten. Es meldete sich niemand. Leo holte sein

Angelzeug aus dem Schuppen und überprüfte die Ausrüstung. Die letzten Monate war er nicht zum Angeln gekommen, und jetzt würde er bald weggehen. Er hatte einen Studienplatz bekommen, und noch vor dem Semesterbeginn wollte er sich ein Zimmer suchen. Er versuchte später nochmal, Malchold anzurufen. Der kümmerte sich um nichts mehr, seit seine Frau gestorben war. Das ganze letzte Jahr hatte Leo ihn nicht einmal gesehen. Leo ging auf sein Zimmer, stellte seinen Wecker auf halb fünf Uhr morgens. Er wurde vorher wach und lag da und wartete auf das Klingeln des Weckers. Dann stand er auf, zog sich an und packte Verpflegung und Angelzeug ins Auto. Er fuhr nicht geradewegs zu den Teichen, sondern langsam durch das um diese Zeit noch schlafende Städtchen. Er fuhr an der Textilreinigung vorbei, an der Fahrschule, dem Gemeindeamt und Delamots Friseurladen. Es war, als würde er alles zum ersten Mal wahrhaftig sehen. Im Radio lief ein Song von The Cream.

... night fell smooth, full of diamonds ...
night fell smooth, full of gold ...

Leo drehte laut und sang mit, während er an den Sandsteinfelsen entlang zur Walentalerhöhe fuhr, von dort durch das Industriegebiet an Autohäusern, Supermärkten, Lagerhallen und Tankstellen vorbei in Richtung Keldenich, auf dem Berg war die von Scheinwerfern angestrahlte kleine Dorfkirche zu sehen. Von Keldenich aus folgte er der Straße ins Dalbendener Tal, Richtung Broich, wo er in einen Feldweg bog, der zu Malcholds Fischteichen hinunterführte. Der Song war längst zu Ende, und er hatte das Radio ausgemacht und hörte das Knirschen des Kieses unter den Reifen. Es war noch dunkel, als er die Teiche erreichte. Leo war sich nicht sicher, ob Martin bei diesem Wetter kommen würde. In der letzten Zeit war kein Verlaß mehr auf ihn. Vieles war nicht mehr so wie früher. Leo parkte den Wagen auf dem Schotterplatz vor den Teichen und suchte einen Platz für eine Feuerstelle. Als er um die Teiche herumging, sah er im Schein seiner Taschenlampe eine aufgeblähte Jacke in der Nähe des Einlaufrohres. Am Ufer standen Abfallkörbe voller Bierdosen. Ein paar ausgebaute Autositze lagen herum. Leo ging in den Fichtenwald und sammelte Holz. Die Äste waren trocken und ließen sich leicht mit Papier und Streichhölzern entfachen. Als genügend Glut vorhanden war, machte er Kaffee. Dann trug er zwei Autositze zum Feuer.

Martin wollte gegen sieben Uhr kommen. Er hatte Andeutungen über Malchold gemacht, sagte aber, er würde es ihm erzählen, wenn er komme. Sie hatten den ganzen Tag Zeit zu reden, und Leo freute sich darauf. Das brennende Holz knackte, und mitunter sprühten Funken, die im Dunkel über ihm wieder erloschen. Obwohl er einen Rollkragenpulli trug, einen dicken Pullover und einen Armeeparka seines Vaters, fror er. Er zog die Mütze weit über die Ohren, es hatte zu schneien begonnen, Flocken schmolzen über dem Feuer zu Tropfen, die auf dem Holz zischten. Leo wollte noch einmal am Wettangeln im Frühjahr teilnehmen, früher war er manchmal mit Christian und Martin an die Urft gegangen, sie hatten über den Fluß von Baum zu Baum eine Schnur gespannt, an der sie Köder befestigten, um Aale zu fangen. Er schüttete etwas Korn in den Kaffee und trank einen Schluck. Am anderen Teichufer reichten die Schlehdornbüsche bis ans Wasser. In den Büschen hingen Plastiktüten, an denen der

Wind zurrte. Leo machte die Angel fertig, fädelte Mehlwürmer auf einen Haken und warf die Schnur aus. Er konnte nicht genau sehen, wo der Köder ins Wasser fiel, irgendwo im Dunkel am Wassereinlauf. Er wartete, während der Köder langsam den Teich hinunter zum Auslauf trieb. Als es heller wurde, sah er, daß Fischreiher auf einem Baum am Teich saßen. Sie fischten im versandeten Ufer, wo sie stehen konnten. Malchold war nicht gut auf die Reiher zu sprechen gewesen, er hatte immer über die Vögel geschimpft, wenn er in ihrer Gaststätte an der Theke stand, er hatte sie abgeschossen, und er hatte sie mit Netzen gefangen, in denen sie hängenblieben und elend krepierten. Der Himmel war schiefergrau, die Reiher verschmolzen mit der Farbe, als sie über die Teiche flogen, um im seichten Wasser zu landen, sie staksten in der Nähe der Jacke, die dort lag, umher und fingen Fische. Als es heller wurde, sah Leo den Umriß eines Gegenstands im Teich, die Reiher standen dort und stießen immer wieder mit ihren Schnäbeln ins Wasser. Als Leo sich ihnen näherte, flogen sie auf und schwebten bis zum Fichtenwald, wo sie sich in die Baumwipfel hockten. Leo ging gerade ans Ufer, um nachzusehen, was genau dort im Wasser lag, da näherte sich Martins Auto. Die Scheinwerfer seines VWs leuchteten übers Feld und durch das Schlehdorngebüsch in der Nähe der Teiche. Leo ging auf den Weg zurück und wartete, bis der Freund bei ihm war. Dann liefen sie gemeinsam zum Teich und sahen Malchold. Er trieb auf dem Bauch in der Nähe des Zuflusses. Sie zogen ihn ans Ufer. Leo holte eine Decke aus dem Kofferraum seines Autos und legte sie über ihn. Martin stand abseits, er zitterte und war dem Weinen nah. «Er hat sich erschossen», sagte Leo.

«Warum hat er das getan?»

«Vielleicht wegen seiner Frau, weil er alleine war?»

«Er hat noch die Armbrust von mir», sagte Martin.

«Welche Armbrust?»

«Er hat sie mir abgenommen, als wir auf seine Forellen geschossen haben, er hatte versprochen, daß er sie mir zurückgeben würde.» Sie blieben eine Weile schweigend stehen, dann fuhr Martin in den nächsten Ort, um die Polizei zu verständigen. Leo wartete am Feuer. Die Reiher kamen zurück. Sie segelten über den Teich. Sie erschienen ihm in der Morgendämmerung groß und bedrohlich. Er warf Steine nach ihnen, um sie zu verscheuchen. Als Martin endlich zurückkam, war das Feuer heruntergebrannt. «Wir sollen hierbleiben, die Polizei wird bald kommen», sagte er. Sie suchten Holz am Waldrand für das Feuer. Es begann wieder zu schneien. Sie hockten auf den alten Autositzen, wärmten sich und tranken Kaffee. Sie konnten nichts anderes mehr tun, als zu warten.

Danksagung

Ich habe Freunde und Familienangehörige, die mir auf die eine oder andere Weise geholfen haben, daß dieses Buch geschrieben wurde. Dank Euch allen! Dem Musiker Erich Hermes und dem Philosophen Robert Zimmer, die sich beide viele Stunden mit den verschiedenen Versionen des Manuskripts beschäftigten und mich kenntnisreich mit wertvollen Rückmeldungen versorgten. Meiner Frau Elvira, ihre Liebe, ihr tiefes Verständnis der wirklichen Welt und ihre mannigfachen Begabungen sind unschätzbar für mich; ohne sie hätte ich sicherlich keine einzige Geschichte erzählt. Dank meinem Freund, dem Filmemacher Dietrich Schubert, und seiner Frau, der Schriftstellerin Katharina Schubert, die lange vor mir an denselben Projekten arbeiteten und die ich nur verstehen mußte. Dank auch meinem Vater und Hans Bender, Dagmar Lorenz, Constanze Hub, Ute Bohmeier, meinem Lektor Martin Hielscher, Helena Urlaub, meinen Kindern Erasmus und Philomena und allen anderen, die in der Cafeteria des *toom marktes* mit mir plauderten. Es war mir ein Vergnügen.

Meinen Dank auch an das Ministerium für Kultur NRW und das Kuratorium der Martha-Saalfeld-Stiftung für die freundliche Unterstützung.